우리가 정말 알아야 할 우리 고전

가려 뽑은 고려 노래

우리가 정말 알아야 할 우리 고전

가려 뽑은 고려 노래

초판 1쇄 발행 | 2011년 9월 30일

글 | 윤성현
그림 | 원혜영
펴낸이 | 조미현

편집주간 | 김수한
책임편집 | 박민영
디자인 | 디자인 나비

출력 | 문형사
인쇄 | 영프린팅
제책 | 쌍용제책사

펴낸곳 | (주)현암사
등록 | 1951년 12월 24일 · 제10-126호

주소 | 121-839 서울시 마포구 서교동 481-12
전화 | 365-5051 · 팩스 | 313-2729
전자우편 | 1318@hyeonamsa.com
홈페이지 | www.hyeonamsa.com

ISBN 978-89-323-1596-6 03810

* 이 도서의 국립중앙도서관 출판시도서목록(CIP)은
  e-CIP 홈페이지(http://www.nl.go.kr/ecip)에서 이용하실 수 있습니다.
  (CIP제어번호 : 2011004052)

우리가 정말 알아야 할 우리 고전

가려 뽑은 고려 노래

글 윤성현 | 그림 원혜영

현암사

우리 고전 읽기의 즐거움

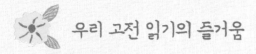

문학 작품은 사회와 삶과 가치관을 총체적으로 담고 있는 문화의 창고이다. 때로는 이야기로, 때로는 노래로, 혹은 다른 형식으로 갖가지 삶의 모습과 다양한 가치를 전해주며, 읽는 이에게 기쁨과 위안을 주는 것이 문학의 힘이다.

고전 문학 작품은 우선 시기적으로 오래된 작품을 말한다. 그러므로 낡은 이야기일 수 있다. 그러나 그 속에 담긴 가치와 의미는 결코 낡은 것이 아니다. 시대가 바뀌고 독자가 달라져도 고전이라는 이름으로 여전히 많은 사람에게 읽히는 작품 속에는 인간 삶의 본질을 꿰뚫는 근본적인 가치가 담겨 있다. 그것은 시대에 따라 퇴색되거나 민족이 다르다고 하여 외면될 수 있는 일시적이고 지역적인 것이 아니다. 시대와 민족의 벽을 넘어 사람이면 누구나 공감할 수 있는 보편적이고 세계적인 것이다. 그렇기 때문에 우리가 톨스토이나 셰익스피어 작품에서 감동을 받고, 심청전을 각색한 오페라가 미국 무대에서 갈채를 받을 수도 있다.

우리 고전은 당연히 우리 민족이 살아온 궤적을 담고 있다. 그 속에 우리의 지난 역사가 있고 생활이 있고 문화와 가치관이 있다. 타인에게 관대하고 자신에게 엄격한 공동체 의식, 선비 문화 속에 녹아 있던 자연 친화 의지, 강자에게 비굴하지 않고 고난에 굴복하지 않는 당당하고 끈질긴 생명력, 고달픈 삶을 해학으로 풀어내며 서러운 약자에게는 아름다운 결말을 만들어주는 넉넉함…….

사람과 사람, 사람과 자연의 '어울림'을 중요하게 생각했던 우리의 가치관은 생활 속에 그대로 녹아서 문학 작품에 표현되었다. 우리 고전 문학 작품에는 역사가 기록하지 않은 서민의 일상이 사실적으로 전개되며 우리의 토속 문화와 생활, 언어, 습속이 구체적으로 드러난다. 작품 속 인물들이 사는 방식, 그들이 구사하는 말, 그들의 생활 도구와 의식주 모든 것이 우리의 피 속에 지금도 녹아 흐르고 있음이 분명하지만 우리 의식에서는 이미 잊힌 것들이다.

그것은 분명 우리 것이되 우리에게 낯설다. 고전을 읽음으로써 우리는 일상에서 벗어나 그 낯선 세계를 체험하는 기쁨을 얻게 된다. 몰랐던 것을 새롭게 아는 것이 아니라 잊었던 것을 되찾는 신선함이다. 처음 가는 장소에서 언젠가 본 듯한 느낌을 받을 때의 그 어리둥절한 생소함, 바로 그 신선한 충동을 우리 고전 작품은 우리에게 안겨준다. 거기에는 일상을 벗어났으되 나의 뿌리를 이탈하지 않았다는 안도감까지 함께 있다. 그것은 남의 나라 고전이 아닌 우리 고전에서만 받을 수 있는 선물이다.

우리 고전을 읽어야 한다는 데는 이미 많은 사람이 공감한다. 고전 읽기를 통해서 내가 한국인임을 자각하고, 한국인이 어떻게 살아왔으며, 어떻게 살아가야 할지 알게 하는 문화의 힘을 느낄 수 있다.

하지만 고전은 지난 시대의 언어로 쓰인 까닭에 지금 우리가, 우리의 청

소년이 읽으려면 지금의 언어로 고쳐 쓰는 작업이 반드시 선행되어야 한다. 우리가 쉽게 접하는 세계의 고전 작품도 그 나라 사람들이 시대마다 새롭게 고쳐 쓰는 작업을 거듭한 결과물이다. 우리는 그런 작업에서 많이 늦은 것이 사실이다. 이제라도 우리 고전을 새롭게 고쳐 쓰는 작업을 할 수 있는 것은 우리의 문화 역량이 여기에 이르렀다는 방증이다.

현재 우리가 겪는 수많은 갈등과 문제를 극복할 해결의 실마리를 고전 속에서 찾을 수 있다고 확신하면서 우리 고전을 지금의 언어로 고쳐 쓰는 작업을 시작한다. 이 작업은 여기에서 멈추지 않고 앞으로도 시대에 맞추어 꾸준히 계속될 것이다. 또 고전을 읽는 데서 끝나지 않을 것이다. 우리 고전은 우리의 독자적 상상력의 원천으로서, 요즘 시대의 화두가 된 '문화 콘텐츠'의 발판이 되어 새로운 형식, 새로운 작품으로 끝없이 재생산되리라고 믿는다.

'우리가 정말 알아야 할 우리 고전'을 기획하면서 우리는 다음과 같은 몇 가지 원칙을 세웠다.

먼저 작품 선정에서 한글·한문 작품을 가리지 않고, 초·중·고 교과서에 수록된 작품을 우선하되 새롭게 발굴한 것, 지금의 우리에게도 의미 있고 재미있는 작품을 포함시키기로 하였다.

그와 함께 각 작품의 전공 학자들이 적극적으로 참여하여 판본 선정과 내용 고증에 최대한 정성을 쏟았다. 아울러 원전의 내용과 언어 감각을 훼손하지 않으면서도 글맛을 살리기 위해 여러 차례 윤문을 거쳤다.

마지막으로 시각 효과를 높이기 위해 내용에 맞는 그림을 곁들였다. 그림만으로도 전체 작품의 흐름을 알 수 있도록 화가와 필자가 협의하여 그림 내용을 구성했으며, 색다른 그림 구성을 위해 순수 화가와 사진작가를 영입하기도 하였다.

경험은 지혜로운 스승이다. 지난 시간 속에는 수많은 경험이 농축된 거대한 지혜의 바다가 출렁이고 있다. 고전은 그 바다에 떠 있는 배라고 할 수 있다.

자, 이제 고전이라는 배를 타고 시간 여행을 떠나보자. 우리의 여행은 과거에서 출발하여 앞으로 미래로 쉼 없이 흘러갈 것이며, 더 넓은 세계에서 더 많은 사람을 만나며 끝없이 또 다른 영역을 개척해 갈 것이다.

우리가 정말 알아야 할 우리 고전

기획 위원

차례

무가

참요

작품 해설

일러두기

1. 각 장르별 작품의 순서는 문헌에 수록된 순서를 따랐다. 여러 문헌에 흩어져 수록된 경우에는 연대순을 따랐다. 창작연대가 명확히 밝혀지지 않은 경우는 일반적인 추정에 근거하였다.

2. 한 작품이 여러 문헌에 수록된 경우에는 의미가 가장 잘 정리된 최선본最善本을 택하였다.

3. 각 작품의 제목은 '한글漢字'(예:동동動動) 방식으로 표기하였다.

4. 속요, 경기체가 작품은 현대어역－해설－원문의 순서로 실었으며, 소악부, 무가, 참요 작품은 현대어역－원문－해설의 순서로 실었다.

5. 고려 노래와 맥이 닿아 각 장르의 특성을 엿볼 수 있는 삼국·조선 시대의 일부 시가도 선별하여 함께 실었다.

6. 현대어역에서는 고어풍을 살리는 한편, 시가로서 원문의 리듬감을 고려하여 율격을 맞췄다.

7. 현대어역은 직역을 우선하되 의역도 적절히 섞어 해석하였고, 보충이 필요한 경우에는 주를 달았다. 원문에 한자가 노출된 경우는 '漢字한글' 방식을, 원문이 한글로만 적힌 경우는 각주에서 '한글漢字'의 방식으로 처리하였다.

8. 현대어역에서 뜻 보충이 필요한 경우 [ ] 안에 음이 다른 한자로 의미를 추가하였다.

9. 띄어쓰기는 현행 맞춤법의 원칙에 따르되, 시적 형식을 고려해야 할 경우는 부득이 예외를 두었다.

10. 원문에서 되도록 문헌의 표기를 그대로 실었으나, 일부 오자·오각이 분명한 경우는 최소한의 범위에서 수정하였다.

11. 원문 전체가 한역인 경우는 독음 처리하였다. 한자와 한글이 병기된 경우에는 '漢字한글' 방식으로 처리하였다. 한문이 구절로 적힌 경우의 독음은 한 칸을 띄었고, 단순 한자어의 독음은 바로 붙여서 구별을 꾀하였다. 단, 음보율을 고려해야 할 경우에는 율격에 맞춰 띄어쓰기를 하였다.

속요

동동 動動

『악학궤범』[•]

덕일랑[•] 신령님께 바치고
복일랑 임금님께 바치고
덕이며 복이라 하는 것을
드리러[•] 왔습니다
아으 동동다리[•]

정월의 냇물은
아으 얼려 녹으려 하는데
세상 가운데 났거늘
몸아 홀로 살아가는구나
아으 동동다리

2월의 보름에
아으 높이 켠 등불 같구나
만인 비추실
모습이시도다
아으 동동다리

3월 나며 핀

아으 늦봄 진달래꽃이여
남의 부러워할 모습을
지녀 나셨도다
아으 동동다리

4월 아니 잊어
아으 오셨구나 꾀꼬리새여
어찌하여 녹사• 님은
옛 나를 잊고 계시는고
아으 동동다리

5월 5일• 에
아으 수릿날 아침 약은
천년을 길이 사실
약이라 바치옵나이다
아으 동동다리

6월의 보름• 에

악학궤범　조선 성종 24년(1493년)에 성현 등이 왕명에 따라 펴낸 음악 이론서. 음악의 원리, 악기, 무용 절차에 관하여 서술되어 있으며, 궁중 의식에서 연주하던 음악이 그림으로 풀이되어 있다.
덕德일랑　덕은
드리러　진상(進上)하러
동동動動다리　북소리의 의성어
녹사綠事　고려 시대의 관직 이름
음력 5월 5일　단오(端午)
음력 6월 15일　유두(流頭)

아으 벼랑에 버린 빗 같구나
돌아보실 님을
조금씩 따르옵나이다
아으 동동다리

7월의 보름• 에
아으 온갖 음식을 차려 두고
님과 함께 살아가고자
소원을 비옵나이다
아으 동동다리

8월의 보름• 은
아으 한가윗날이지만
님을 뫼셔 살아가야만
오늘날 한가위이도다
아으 동동다리

9월 9일• 에
아으 약이라 먹는
노란 국화꽃이 안에 드니
새서 가만하구나•
아으 동동다리

10월에

아으 저민• 보리수 같구나
꺾어 버리신 후에
지니실 한 분이 없으시도다
아으 동동다리

11월의 봉당 자리에
아으 한삼• 덮어 누워
슬픔을 사르는구나
고운 이와 외따로 살아가는구나
아으 동동다리

12월의 산초나무로 깎은
아으 드릴 소반에 젓가락 같구나
님의 앞에 들어 나란히 놓으니
손님이 가져다 무옵나이다
아으 동동다리

음력 7월 15일　백중(百中), 백종(百種)
음력 8월 15일　추석(秋夕)
음력 9월 9일　중양절(重陽節)
새서 가만하구나　(향기가) 새서 은은하구나
저민　얇게 썬
한삼汗衫　속적삼

연모戀慕, 돌아올 길 없는 님을 향한 그리움

「동동」은 기다림의 연가戀歌이다. 전 13장의 연장체로 이루어졌는데, 송도頌禱적 성격의 서장을 빼고 보면 완벽한 달거리체 노래가 된다. 정월부터 섣달까지 일 년 열두 달의 순차를 따라 우리 고유의 세시풍속을 다달이 제시하며, 이를 님의 부재不在와 연결시켜 애절한 그리움의 심정을 반복적으로 드러내었다. 아픈 이별과 긴 기다림에서 파생되는 화자의 치명적인 고독이 계절별로 자연과의 대조를 통해서 표출되었다. 부재하는 님을 향한 끝없는 열망과 이어지는 좌절, 여기서 비롯되는 화자의 고통은 노래 전편에 죽 이어진다. 당연히 님과의 이별, 그 기다림에서 일어나는 온갖 정서가 작품에 녹아 있다.

화자는 님을 향해 변함없이 마음을 기울이지만, 노래가 다하도록 님과의 합일은 끝내 이루어지지 않는다. 이러한 본질적 한계 때문에 화자는 끊임없이 갈등하고 긴장하게 된다. 그것이 때로는 님에 대한 찬양으로 또 때로는 원망으로도 나타나기도 하고, 신세한탄으로 이어지는가 하면 종국에는 자포자기적 파국으로까지 치닫는다. 하지만 님이 돌아올 것을 굳건히 믿는 화자의 간절한 바람에도 불구하고, 작품은 끝내 비극적 결말을 예비한다. 물론 「동동」은 특정 개인의 체험을 넘어선 집단의 보편적 정서로 확장되어 우리에게 속 깊은 울림을 준다. 결국 끝 간 줄 모르는 그리움으로 님의 돌아옴을 믿는 여인의 간절함이 노래 전편을 이끌고 있다.

한편 작품에는 민족 고유의 생활과 전통이 구체적으로 드러나 있어 눈길을 끈다. 오월 단오(음력 5월 5일)와 유월 유두(음력 6월 15일), 칠월 백중(음력 7월 15일), 팔월 추석(음력 8월 15일) 및 구월 중양절(음력 9월 9일)의 세시歲時가 작품에 직접 언급되었고, 연등회(음력 2월 15일)와 화전놀이(음력 3월 3일)도 문면에 등장한다. 여기서 등 공양, 진달래 지짐, 국화 술, 머리 감기, 차례 음식 진열 등의 풍속을 모두 님 그리움에 연결시켰다. 이렇듯 긴긴 해의 기다림이 모자라 또 새로운 해에 마음 졸여야 하나. 하지만 화자의 애타는 심정에도 아랑곳없이 님은 영 무소식이다. 「동동」에서는 그 절절한 그리움이 손에 잡힐 듯 다가온다.

德(덕)으란 곰ᄇᆡ예 받ᄌᆞᆸ고
福(복)으란 림ᄇᆡ예 받ᄌᆞᆸ고
德(덕)이여 福(복)이라 호ᄂᆞᆯ
나ᅀᆞ라 오소이다
아으 動動(동동)다리

正月(정월)ㅅ 나릿므른
아으 어저 녹져 ᄒᆞ논ᄃᆡ
누릿 가온ᄃᆡ 나곤
몸하 ᄒᆞ올로 녈셔
아으 動動(동동)다리

二月(이월)ㅅ 보로매
아으 노피 현 燈(등)ㅅ블다호라
萬人(만인) 비취실
즈ᅀᅵ샷다
아으 動動(동동)다리

三月(삼월) 나며 開(개)ᄒᆞᆫ
아으 滿春(만춘) ᄃᆞᆯ욋고지여
ᄂᆞᄆᆡ 브롤 즈ᅀᅳᆯ
디녀 나샷다
아으 動動(동동)다리

四月(사월) 아니 니저
아으 오실서 곳고리새여
므슴다 錄事(녹사)니ᄆᆞᆫ
녯 나ᄅᆞᆯ 닛고신뎌
아으 動動(동동)다리

五月(오월) 五日(오일)애
아으 수릿날 아ᄎᆞᆷ 藥(약)은
즈믄 ᄒᆡᆯ 長存(장존)ᄒᆞ샬
藥(약)이라 받ᄌᆞᆸ노이다
아으 動動(동동)다리

六月유월 ㅅ 보로매
아으 별해 ᄇᆞ룐 빗다호라
도라보실 니믈
젹곰 좃니노이다
아으 動動동동다리

七月칠월 ㅅ 보로매
아으 百種백종 排배ᄒᆞ야 두고
니믈 ᄒᆞᆫᄃᆡ 녀가져
願원을 비ᅀᆞᆸ노이다
아으 動動동동다리

八月팔월 ㅅ 보로ᄆᆞᆫ
아으 嘉俳가배나리마ᄅᆞᆫ
니믈 뫼셔 녀곤
오ᄂᆞᆯ낤 嘉俳가배샷다
아으 動動동동다리

九月구월 九日구일애
아으 藥약이라 먹논
黃花황화고지 안해 드니
새셔 가만ᄒᆞ애라
아으 動動동동다리

十月시월애
아으 져미연 ᄇᆞᄅᆞᆺ다호라
것거 ᄇᆞ리신 後후에
디니실 ᄒᆞᆫ 부니 업스샷다
아으 動動동동다리

十一月십일월 ㅅ 봉당 자리예
아으 汗衫한삼 두퍼 누워
슬ᄒᆞᆯ ᄉᆞ라온뎌
고우닐 스싀옴 녈셔
아으 動動동동다리

十二月십이월 ㅅ 분디남ᄀᆞ로 갓곤
아으 나ᄉᆞᆯ 盤반잇 져다호라
니믜 알ᄑᆡ 드러 얼이노니
소니 가재다 므ᄅᆞᅀᆞᆸ노이다
아으 動動동동다리

처용가 處容歌

『악학궤범』

신라성대 소성대•
천하태평 나후•의 덕 처용 아비여
이 세상 살아감에 서로 말이 없으시니
이 세상 살아감에 서로 말이 없으시니
삼재팔난•이 일시에 소멸하시도다
어와 아비의 모습이여 처용 아비의 모습이여
머리 가득 꽂은 꽃 겨우셔• 기울어지신 머리에
아으 수명 길고 오래시어 넓으신 이마에
산 모양 비슷하여 우거진• 눈썹에
사랑하는 사람 서로 바라보시어 온전하신 눈에
바람 소리 뜰에 가득 차시어 두터우신 귀에
붉은 복사꽃같이 붉으신 뺨에
오향• 맡으시어 우묵하신 코에
아으 천금 먹으시어 넓으신 입에
백옥유리같이 하야신 이빨에
사람들이 복이 많다 칭찬하시어 내미신 턱에
칠보 겨우셔 숙이신 어깨에
길경• 겨우셔 늘어지신 소맷자락에
슬기를 모두어 유덕하신• 가슴에

복과 지혜가 다 풍족하시어 부르신 배에
붉은 띠 겨우셔 굽으신 허리에
태평성대 같이 즐기시어 길어지신 다리에
아으 계면* 도시어 넓어지신 발에
누가 지어 세웠느뇨 누가 지어 세웠느뇨
바늘도 실도 없이 바늘도 실도 없이
처용 아비를 누가 지어 세웠느뇨
많이도 많이도 지어 세웠구나
열두 나라가 모여 지어 세운
아으 처용 아비를 많이도 지어 세웠구나
멎아 오얏아 녹리야*
빨리나 내 신코*를 매어라
아니 매시면 내리리라 재앙의 말
동경 밝은 달에 밤새도록 노닐다가
들어와 내 자리를 보니 가랑이가 넷이로구나

소성대昭盛代　밝고 좋은 세상
나후羅候　해와 달을 가리는 신으로, 여기서는 처용의 위용을 빗댄 표현으로 쓰였다.
삼재팔난三災八難　세 가지 재앙과 여덟 가지 재난이니, 곧 모든 재액(災厄)을 뜻한다.
겨우셔　무게를 못 견디시어
우거진　숱이 무성한
오향五香　온갖 진기한 향내
길경吉慶　춤출 때 입는 단삼(段衫) 소매 끝에 드리운 장식품
유덕有德하신　덕이 충만하신
계면界面　무당이 굿하는 구역
멎[榛] · 오얏[李] · 녹리綠李　능금, 자두, 푸른 자두로 제사상의 과일을 지칭하지만 한편으로는 탈춤에 등장하는 젊은 여자인 소무(小巫)를 비유한 것으로 보기도 한다.
신코　신발의 맨 앞 뾰족한 끝 부분

아으 둘은 내 것이거니와 둘은 누구 것이뇨
이럴 적에 처용 아비를 보시면
열병신• 이야 횟갓• 이로다
천금을 줄까요 처용 아비여
칠보를 줄까요 처용 아비여
천금 칠보도 마오 열병신을 내게 잡아 주소서
산이나 들이나 천리 밖으로
처용 아비를 피해 다니고저
아으 열병대신• 의 발원• 이도다

열병신熱病神 열병을 가져다주는 역신(疫神). 여기서는 모든 재난을 불러오는 악신(惡神)의 의미로 확대된다.
횟갓 횟감, 횟거리
열병대신熱病大神 열병신을 높여 부른 말
발원發願 신에게 비는 소원

벽사진경辟邪進慶, 열병신을 퇴치하는 강한 무당

본디 『삼국유사』에서 실린 처용은 신인동체神人同體, 이 한마디로 규정되는 캐릭터이다. 동해용의 아들로 출발하였으나 혼란스러운 시대의 복판에서 아내의 불륜 앞에 무기력했던 인간인가 하면, 다른 한편으로 그 시대에 문신門神이 되어 사람들의 추앙을 받은 존재였기 때문이다. 그래서일까. 처용은 신라 때 그대로 박제되기를 거부한 채, 고려와 조선을 거쳐 오늘에 이르기까지 끊임없이 변주되어 왔다. 신라의 문신 처용은 고려의 강한 무당으로, 다시 조선의 쇠락한 무당으로의 변모를 거침으로써 각 시대별로 인식 태도가 조금씩 달랐음을 짐작케 해준다. 현대 시인에게 있어 처용은 대개 거세된 남성의 존재 이미지로 형상화되고 있다.

고려 「처용가」는 『악학궤범』에 실려 전하는 속요인데, 노래와 춤과 놀이[歌·舞·戱]를 아우르는 긴 사설을 지녔다. 이 노래는 궁중 나례儺禮의 일환으로 학춤·연화대춤과 함께 연행되면서 '삿된 것을 물리치고 경사를 맞아들이는[辟邪進慶]' 역할을 담당하였다. 그래서 노랫말에 신적 권능을 보다 분명히 담아낼 필요가 생겨났다. 첫째 단락에는 서사로서 축복, 기원의 뜻을 담았고, 둘째 단락에서는 처용에 대한 찬양과 제작 과정을 설명하였다. 셋째 단락은 열병신과의 싸움을 그렸고, 넷째 단락은 결사로서 처용의 위력으로 마무리하였다. 작품 전면에 강한 무당의 형상이 직설적으로 표출된 것이다.

어쩌면 세상살이란 처용과 열병신의 대립과 갈등, 그 연속일지 모른다. 역신으로 가득 찬 현실 세계. 그것은 질병이나 재난의 고통일 수도 있고, 폭력의 위협이나 전쟁의 공포일 수도 있다. 때로는 신분이나 가난에서 오는 한恨이거나 일상의 불안에서 비롯된 무엇일 수도 있다. 여기서 열병신은 현실적 질곡의 상징이 되고, 이를 물리치는 처용은 삶의 희망과 구원이 된다. 이랬을 때 「처용가」는 초월자에 의지한 이상의 구현, 영원한 존재에 대한 믿음의 노래가 된다.

前腔　新羅盛代 昭盛代[신라성대 소성대]
　　　天下大平 羅候德[천하대평 나후덕] 處容[처용] 아바
　　　以是[이시] 人生[인생]애 相不語[상불어]ᄒᆞ시란ᄃᆡ
　　　以是[이시] 人生[인생]애 相不語[상불어]ᄒᆞ시란ᄃᆡ
附葉　三災八難[삼재팔난]이 一時消滅[일시소멸]ᄒᆞ샷다
中葉　어와 아븨 즈ᅀᅵ여 處容[처용] 아븨 즈ᅀᅵ여
附葉　滿頭插花[만두삽화] 계오샤 기울어신 머리예
小葉　아으 壽命長願[수명장원]ᄒᆞ샤 넙거신 니마해
後腔　山象[산상] 이ᄉᆞᆺ 기ᇗ어신 눈섭에
　　　愛人相見[애인상견]ᄒᆞ샤 오ᄉᆞᆯ어신 누네
附葉　風入盈庭[풍입영정]ᄒᆞ샤 우글어신 귀예
中葉　紅桃花[홍도화]ᄀᆞ티 븕거신 모야해
附葉　五香[오향] 마ᄐᆞ샤 웅긔어신 고해
小葉　아으 千金[천금] 머그샤 어위어신 이베
大葉　白玉琉璃[백옥유리]ᄀᆞ티 ᄒᆡ여신 닛바래
　　　人讚福盛[인찬복성]ᄒᆞ샤 미나거신 톡애
　　　七寶[칠보] 계우샤 숙거신 엇게예
　　　吉慶[길경] 계우샤 늘의어신 ᄉᆞ맷길헤
附葉　설믜 모도와 有德[유덕]ᄒᆞ신 가ᄉᆞ매
中葉　福智俱足[복지구족]ᄒᆞ샤 브르거신 비예

紅鞓[홍정] 계우샤 굽거신 허리예

附葉 同樂大平[동락대평]ᄒᆞ샤 길어신 허튀예

小葉 아으 界面[계면] 도ᄅᆞ샤 넙거신 바래

前腔 누고 지ᅀᅥ 셰니오 누고 지ᅀᅥ 셰니오

바늘도 실도 어ᄡᅵ 바늘도 실도 어ᄡᅵ

附葉 處容[처용] 아비롤 누고 지ᅀᅥ 셰니오

中葉 마아만 마아만 ᄒᆞ니여

附葉 十二諸國[십이제국]이 모다 지ᅀᅥ 셰온

小葉 아으 處容[처용] 아비롤 마아만 ᄒᆞ니여

後腔 머자 외야자 綠李[녹리]야

ᄲᆞᆯ리나 내 신고ᄒᆞᆯ ᄆᆡ야라

附葉 아니옷 ᄆᆡ시면 나리어다 머즌 말

中葉 東京[동경] ᄇᆞᆯᄀᆞᆫ ᄃᆞ래

새도록 노니다가

附葉 드러 내 자리롤 보니

가ᄅᆞ리 네히로섀라

小葉 아으 둘흔 내해어니와

둘흔 뉘해어니오

大葉 이런 저긔 處容[처용] 아비옷 보시면

熱病神[열병신]이ᅀᅡ 膾[회]ㅅ가시로다

千金[천금]을 주리여 處容[처용] 아바

七寶[칠보]를 주리여 處容[처용] 아바

附葉 千金[천금] 七寶[칠보]도 말오

熱病神[열병신]를 날 자바 주쇼셔

中葉 山[산]이여 ᄆᆡ히여 千里外[천리외]예

附葉 處容[처용]ㅅ 아비롤 어여려거져

小葉 아으 熱病大神[열병대신]의 發願[발원]이샷다

정과정 鄭瓜亭

『악학궤범』

내 님을 그리워하여 울며 지내더니
산 접동새와 난 비슷하옵니다
(나에 대한 참소가 진실이) 아니시며 거짓이신 줄 아으
잔월효성* 이 아실 것입니다
넋이라도 님과 함께 살아가고 싶어라 아으
우기시던 이가 누구이셨습니까
잘못도 허물도 천만 없습니다
뭇사람의 (참소하던) 말이시구나
슬프도다 아으
님이 나를 벌써 잊으셨습니까
아 님이시여 돌이켜 들으시어 사랑해주소서

잔월효성殘月曉星 지는 달과 새벽 별. 여기서는 작가가 결백함을 증명하는 존재물이 된다.

연군戀君, 임금을 향한 눈물의 호소

「정과정」은 자신을 버린 님을 향해 변함없는 사랑을 표백表白한 노래이다. 때로는 하소연으로 또 때로는 원망으로도 나타나기도 하지만, 결국 예전의 사랑을 돌이켜 달라는 간절한 호소가 된다. 작품은 텍스트 자체만으로도 빼어난 비유와 상징을 통해 상당한 성취를 이루고 있다. 산 접동새와 마찬가지로 자신을 잊은 님을 눈물로 찾아 헤매는 화자의 처지는 참으로 고단하다. 지는 달과 새벽 별은 자신의 억울함을 풀고 결백을 증명해줄 진실의 상징물이다. '노랫말이 극히 슬프고 처량하다[詞極悽惋]'는 평에 공감하지 않을 수 없다. 님을 향한 눈물의 호소는 결국 지켜지지 않은 약속에 대한 원망이다.

그런데 『고려사』「악지」에서는 이 노래가 고려 의종 때 동래로 유배 간 정서鄭敍가 임금을 향해 지은 작품이라고 밝혔다. 따라서 여느 속요와 달리 조선 때에 극진한 대접을 받았다. 연정戀情의 대상이 아닌, 충절忠節의 대상으로서 '님'을 상정함으로써 텍스트의 미학과 윤리라는 두 마리 토끼를 잡는데 성공했기 때문이다. 그래서 「정과정」은 전형적인 충신연주지사忠臣戀主之詞가 된다. 여성 화자를 내세워 자신을 낮추고 절박한 심정을 호소함으로써 속 깊은 울림을 준다. 이러한 전통은 신라 신충의 「원가」에서 시작하여 「정과정」을 거쳐, 이후 조선 정철의 「사미인곡」, 「속미인곡」에서 그 정점을 맞는다.

한편 「정과정」의 구조에서 빠뜨릴 수 없는 것이 향가 형식과의 관련 여부이다. 우선 음악적으로 나눈 단락 구분을 배제하고 8행과 9행을 하나로 묶었을 때, 이 작품은 10구체 향가인 사뇌가詞腦歌의 틀과 흡사해진다. 사뇌가로 치면 차사嗟辭라 할 수 있는 감탄사가 끝 행에 붙어 있는 것이 조금 다를 뿐이다. 사뇌가 형식을 가져왔다는 점이 이 노래가 미학적 성취를 이룰 수 있는 바탕에 작용하고 있음을 알 수 있다. 향가는 숭고한 아름다움을 추구한 서정시의 대표적 장르이기 때문이다.

前腔　내 님을 그리ᄉᆞ와 우니다니
中腔　山산 졉동새 난 이슷ᄒᆞ요이다
後腔　아니시며 거츠르신 ᄃᆞᆯ 아으
附葉　殘月曉星잔월효성이 아ᄅᆞ시리이다
大葉　넉시라도 님은 ᄒᆞᆫᄃᆡ 녀져라 아으
附葉　벼기더시니 뉘러시니잇가
二葉　過과도 허믈도 千萬천만 업소이다
三葉　믈힛 마리신뎌
四葉　ᄉᆞᆯ읏븐뎌 아으
附葉　니미 나ᄅᆞᆯ ᄒᆞ마 니ᄌᆞ시니잇가
五葉　아소 님하 도람 드르샤 괴오쇼셔

정석가 鄭石歌

『악장가사』*

징아 돌아* 지금에 계십니다
징아 돌아 지금에 계십니다
선왕성대*에 노닐고 싶습니다

사각사각 가는 모래 벼랑에
사각사각 가는 모래 벼랑에
구운 밤 닷 되를 심습니다
그 밤이 움이 돋아 싹 나시어야
그 밤이 움이 돋아 싹 나시어야
유덕하신 님을 여의고* 싶습니다

옥으로 연꽃을 새깁니다
옥으로 연꽃을 새깁니다
바위 위에 접을 붙입니다
그 꽃이 세 묶음 피시어야
그 꽃이 세 묶음 피시어야
유덕하신 님을 여의고 싶습니다

무쇠로 철릭*을 마름질해

무쇠로 철릭을 마름질해
철사로 주름 박습니다
그 옷이 다 허시어야
그 옷이 다 허시어야
유덕하신 님을 여의고 싶습니다

무쇠로 큰 소를 지어다가
무쇠로 큰 소를 지어다가
철수산에 놓습니다
그 소가 철초* 를 먹어야
그 소가 철초를 먹어야
유덕하신 님을 여의고 싶습니다

구슬이 바위에 떨어지신들
구슬이 바위에 떨어지신들
끈이야 끊어지겠습니까
천년을 외따로 지내신들
천년을 외따로 지내신들
믿음이야 끊어지겠습니까

악장가사 조선 중종과 명종 사이에 박준이 편찬한 가사집으로 고려와 조선의 속악과 가곡을 수록했다.
징[鉦] · 돌[磬] 징과 경쇠라는 두 금석악기. 제목 '정석가(鄭石歌)'가 여기에서 유래하였다.
선왕성대先王聖代 앞선 임금의 태평성대
여의고 이별하고
철릭[天翼, 綴翼] 옛 군복인 융복(戎服)
철수산鐵樹山 · 철초鐵草 쇠로 된 나무가 있는 산, 쇠로 된 풀

단심丹心, 예견된 이별 앞에서의 의연한 역설

「정석가」는 닥쳐올 이별 앞에서 화자 스스로의 힘으로는 어쩌지 못하는 절망적 상황, 곧 님의 부재를 가정하여 부른 노래이다. 본사부(2~5장)의 소재는 차례대로 '구운 밤', '옥玉 연꽃', '무쇠 옷', 그리고 '무쇠 소'이다. 이것들이 기적과 같은 상황을 낳았을 때라야만 '유덕有德하신 님'과 이별하겠다 하니, 죽어도 이별하지 않겠다는 뜻과 다르지 않다. 헤어질 수 없음을 전제로 하여 설정된 불가능한 상황은 그래서 역설이 된다. 심정적으로 절대 떠나보낼 수 없는 님이기에, 작품 표면에 드러나는 화자의 의연함은 고도로 감정을 절제한 결과일 뿐이다. 이 기법은 더불어 작품의 정서를 고양시켜 준다.

특히 본사부에서 네 차례 거듭된 '죽어도 이별하지 않겠다'는 다짐은 결사부의 정황과 긴밀히 연결된다. 화자의 이러한 독백은 곧 닥쳐올 이별의 위기감에서 비롯된 것이다. 이에 대한 고도의 상징적 비유가 '구슬이 바위에 떨어져도 끈은 끊이지 않는 것'이요, 궁극적으로는 '천년을 헤어져 있어도 변치 않는 믿음'인 것이다. 그래서 결사부(6장)의 다짐은 불가피한 이별의 현장에서 백 마디 수사보다 강한 힘을 지닌다. 이렇게 「정석가」는 이별의 역설적 회피를 그린 노래가 된다.

한편 서사부(1장)는 왕실을 위한 송도의 기능을 한다. 제명題名은 첫 대목 '딩아 돌하'에서 취했다. 딩 · 돌은 실상 금석金石악기의 대표인 징과 편경編磬을 뜻하므로 그 차자借字인 '정석鄭石'을 노래 이름으로 취한 것이다. 작품의 구조는 '본사부(4반복)+결사부(믿음)'의 민간 1차 합성에 이어, 다시 '서사부(송도)+본 · 결사부'의 왕실 2차 합성으로 완성되었다. 노래의 연원과 전승에서 민요적 성격이, 이후 정착 과정에서 궁중악적 성격이 갖춰진 것이다. 결국 서사의 송도적 의미는 종속변수일 뿐, 민간 본디 노래인 본 · 결사부에 감춰진 사랑과 이별의 복합 갈등이 이 노래의 주된 정조情調를 이룬다.

결국 「정석가」의 주제는 영원히 님과 함께 있고자 하는 행복한 염원과는 거리가 있다. 절대로 이별이 불가하다는 겉면의 표현과는 정반대의 정서적 흐름을 지녔기 때문이다. 곧 닥쳐올 이별을 직감한 작중 화자가 님을 떠나보내야 하는 심적 고통을 역설적으로 의연하게 진술한 가슴 아픈 사랑의 노래인 것이다. 이미 예견된 이별이기에 「정석가」의 작중 화자는 당황치 않고 이를 받아들일 마음의 준비가 되어 있다. 그것이 마지막 연에서 천년불변의 믿음으로 마무리되었다.

딩아 돌하 當今[당금]에 계샹이다
딩아 돌하 當今[당금]에 계샹이다
先王聖代[션왕셩ᄃᆡ]예 노니ᄋᆞ와지이다

삭삭기 셰몰애 별헤 나는
삭삭기 셰몰애 별헤 나는
구은 밤 닷 되를 심고이다
그 바미 우미 도다 삭 나거시아
그 바미 우미 도다 삭 나거시아
有德[유덕]ᄒᆞ신 님믈 여ᄒᆡᄋᆞ와지이다

玉[옥]으로 蓮[련]ㅅ고즐 사교이다
玉[옥]으로 蓮[련]ㅅ고즐 사교이다
바회 우희 接柱[졉듀]ᄒᆞ요이다
그 고지 三同[삼동]이 퓌거시아
그 고지 三同[삼동]이 퓌거시아
有德[유덕]ᄒᆞ신 님 여ᄒᆡᄋᆞ와지이다

므쇠로 텰릭을 몰아 나는
므쇠로 텰릭을 몰아 나는
鐵絲[텰ᄉᆞ]로 주롬 바고이다
그 오시 다 헐어시아
그 오시 다 헐어시아
有德[유덕]ᄒᆞ신 님 여ᄒᆡᄋᆞ와지이다

므쇠로 한쇼를 디여다가
므쇠로 한쇼를 디어다가
鐵樹山[텰슈산]애 노호이다
그 쇠 鐵草[텰초]를 머거아
그 쇠 鐵草[텰초]를 머거아
有德[유덕]ᄒᆞ신 님 여히ᄋᆞ와지이다

구스리 바회예 디신ᄃᆞᆯ
구스리 바회예 디신ᄃᆞᆯ
긴힛ᄃᆞᆫ 그츠리잇가
즈믄 ᄒᆡᄅᆞᆯ 외오곰 녀신ᄃᆞᆯ
즈믄 ᄒᆡᄅᆞᆯ 외오곰 녀신ᄃᆞᆯ
信[신]잇ᄃᆞᆫ 그츠리잇가

청산별곡 靑山別曲

『악장가사』

살아가 살아가리로다
청산에 살아가리로다
머루랑 다래랑 먹고
청산에 살아가리로다
얄리 얄리 얄라셩 얄라리 얄라

울어라 울어라 새여
자고 일어나 울어라 새여
너보다 시름 많은 나도
자고 일어나 우니노라
얄리얄리 얄라셩 얄라리 얄라

갈던 사래* 갈던 사래 본다
물 아레 갈던 사래 본다
이끼 묻은 쟁기를 가지고
물 아래 갈던 사래 본다

사래 밭이랑

얄리 얄리 얄라셩 얄라리 얄라

이렇게 저렇게 하여
낮일랑 지내왔지만
올 이도 갈 이도 없는
밤일랑 또 어찌 하리오
얄리 얄리 얄라셩 얄라리 얄라

어디라 던지던 돌인가
누구라 맞히던 돌인가
미워할 이도 사랑할 이도 없이
맞아서 울고 있노라
얄리 얄리 얄라셩 얄라리 얄라

살아가 살아가리로다
바다에 살아가리로다
나문재* 굴조개랑 먹고
바다에 살아가리로다
얄리 얄리 얄라셩 얄라리 얄라

가다가 가다가 듣노라
에정지* 가다가 듣노라
사슴*이 장대에 올라
해금을 켜는 것을 듣노라

얄리 얄리 얄라셩 얄라리 얄라

가다 보니 배부른 독에
독한 강술을 빚는구나
조롱꽃• 누룩이 매워•
잡으시니 내 어찌 하리오
얄리 얄리 얄라셩 얄라리 얄라

나문재 바닷가 모래땅에서 나는 풀의 일종이지만, 여기서는 해조(海藻), 해초(海草)의 의미로 쓰였다.
에정지 외딴 부엌
사슴 사슴으로 분장한 광대를 뜻한 것으로 여겨진다.
조롱꽃 여기서는 술을 퍼 담는 조롱박의 의미로 쓰였다.
매워 독해서

유망流亡, 뿌리 뽑힌 삶의 고단함

「청산별곡」은 속요의 백미白眉로 꼽힌다. 비유와 상징, 동적인 상황 전개와 빠른 국면 전환, 의미 전개 위주의 짜임, 그리고 미려한 여음구의 규칙적 배열 등 뛰어난 점이 많다. 하지만 그 빼어난 서정성에도 불구하고, 정작 화자는 내우외환에 시달린 유민流民일 가능성이 크다. 내용상 3장과 7·8장의 흐름을 미루어 보았을 때, 고달픈 삶에 부대낀 화자의 번민과 갈등을 노래한 것으로 해석된다. '청산'과 '바다'는 이상향이 아닌, 내몰린 삶터이다. 무신의 난과 몽골의 침입 등에 시달린 민중의 모습, 특히 몽골과의 싸움에서 '백성들을 산성과 섬으로 옮겼다'는 『고려사』의 기록을 보면, 이 점이 더욱 실감 난다.

1장의 '청산'은 6장의 '바다'와 마찬가지로 삶의 터전으로부터 내몰린 상황을 상징하는 공간이 된다. 2장의 '자고 일어나 우는 새'는 고통에 찬 화자를 비유한 것으로 볼 수 있다. 원문 3장의 '가던 새'는 갈던 사래밭이며 이랬을 때 화자는 자기 농토를 잃은 양민으로 해석된다. 4장에 드러난 밤의 외로움은 우리 시가 전반에 나타나는 전형적 정서이다. 뿌리 뽑힌 삶에 대한 자탄自歎으로 볼 수 있다. 5장의 '돌 맞고 우는' 정황은 앞 장과 함께 화자의 억울한 심회를 드러낸다. 6장의 '바다'는 1장과 짝을 이루어 '청산青山~청해青海'에 이르는 방랑의 마무리가 된다. 7장은 사슴 탈을 쓴 사람의 연희로 보인다. 앞 장에 이르기까지 유리방랑遊離放浪하던 화자가 이제까지의 치열했던 고뇌를 허물어뜨린 것으로 풀이할 수 있다. 8장에서는 「청산별곡」 전체의 시상을 술로 마무리한다.

전체적으로 1~6장의 방랑과 7~8장의 체념으로 해석하면 내용 전개가 원활해진다. 특히 마지막 장의 체념조 독백은 역설적으로 앞으로의 삶이 더 지난할지라도 포기하지 않을 끈질김으로 이어진다. 켜켜이 쌓아 올린 민초의 고난으로 우리 역사가 이루어진 것이 비단 고려 때뿐이랴. 뿌리 뽑힌 삶의 고단함에서 비롯된 화자의 태도는 바로 부대낀 삶에서 절로 얻어진 지혜이다.

살어리 살어리랏다
青山청산애 살어리랏다
멀위랑 ᄃᆞ래랑 먹고
青山청산애 살어리랏다
얄리 얄리 얄라셩 얄라리 얄라

우러라 우러라 새여
자고 니러 우러라 새여
널라와 시름 한 나도
자고 니러 우니로라
얄리 얄리 얄라셩 얄라리 얄라

가던 새 가던 새 본다
믈 아래 가던 새 본다
잉 무든 장글란 가지고
믈 아래 가던 새 본다
얄리 얄리 얄라셩 얄라리 얄라

이링공 뎌링공 ᄒᆞ야
나즈란 디내와손뎌
오리도 가리도 업슨
바므란 ᄯᅩ 엇디 호리라
얄리 얄리 얄라셩 얄라리 얄라

어듸라 더디던 돌코
누리라 마치던 돌코
믜리도 괴리도 업시
마자셔 우니노라
얄리 얄리 얄라셩 얄라리 얄라

살어리 살어리랏나
바ᄅᆞ래 살어리랏다
ᄂᆞᄆᆞ자기 구조개랑 먹고
바ᄅᆞ래 살어리랏다
얄리 얄리 얄라셩 얄라리 얄라

가다가 가다가 드로라
에정지 가다가 드로라
사ᄉᆞ미 짒대예 올아셔
奚琴[히금]을 혀거를 드로라
얄리 얄리 얄라셩 얄라리 얄라

가다니 ᄇᆡ브른 도긔
설진 강수를 비조라
조롱곳 누로기 미와
잡ᄉᆞ와니 내 엇디 ᄒᆞ리잇고
얄리 얄리 얄라셩 얄라리 얄라

서경별곡 西京別曲

『악장가사』

서경이 아즐가
서경이 서울이지마는
위 두어렁셩 두어렁셩 다링디리

닦은 곳 아즐가
닦은 곳 소성경* 사랑하지마는
위 두어렁셩 두어렁셩 다링디리

이별할 바엔 아즐가
이별할 바엔 길쌈베* 버리시고
위 두어렁셩 두어렁셩 다링디리

사랑하신다면 아즐가
사랑하신다면 울면서 좇겠습니다
위 두어렁셩 두어렁셩 다링디리

구슬이 아즐가
구슬이 바위에 떨어지신들
위 두어렁셩 두어렁셩 다링디리

끈이야 아즐가
끈이야 끊어지겠습니까
위 두어렁셩 두어렁셩 다링디리

천년을 아즐가
천년을 홀로 살아간들
위 두어렁셩 두어렁셩 다링디리

믿음이야 아즐가
믿음이야 끊어지겠습니까
위 두어렁셩 두어렁셩 다링디리

대동강 아즐가
대동강 넓은 줄 몰라서
위 두어렁셩 두어렁셩 다링디리

배 내어 아즐가
배 내어 놓았느냐 사공아
위 두어렁셩 두어렁셩 다링디리

소성경小城京 작은 서울, 곧 평양
길쌈베 면이나 삼 따위를 가공하여 짜낸 베

네 각시 아즐가
네 각시 (강을) 넘는지 몰라서
위 두어렁셩 두어렁셩 다링디리

(내 님을) 가는 배에 아즐가
(내 님을) 가는 배에 얹었느냐 사공아
위 두어렁셩 두어렁셩 다링디리

대동강 아즐가
대동강 건너편 꽃[*] 을
위 두어렁셩 두어렁셩 다링디리

배 타 들면 아즐가
배 타 들면 꺾으리이다
위 두어렁셩 두어렁셩 다링디리

꽃 여기서는 다른 여인을 비유한다.

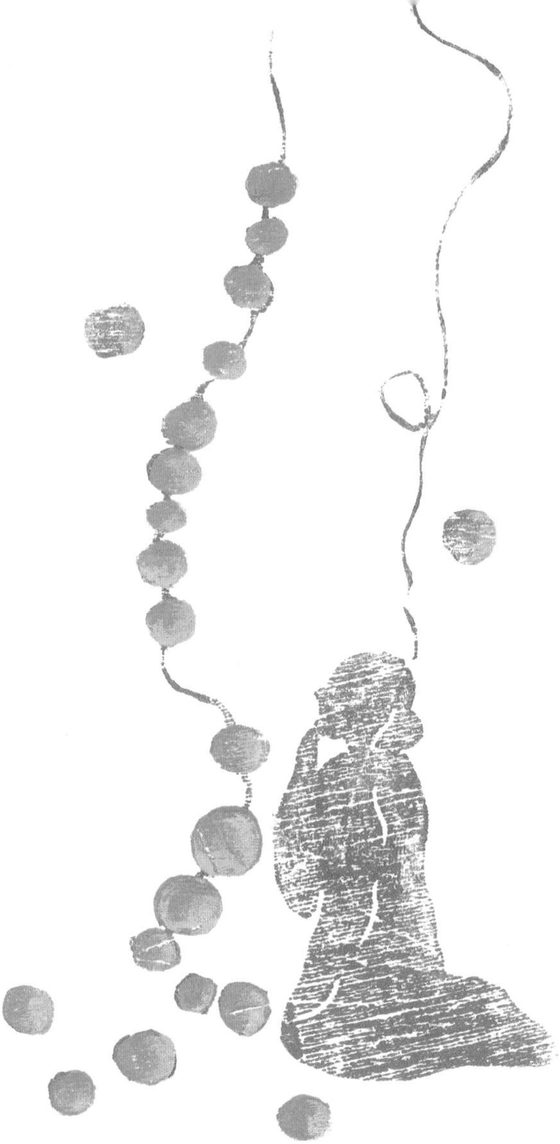

애원哀怨, 갑작스런 이별 앞에 선 애끊는 호소

「서경별곡」은 이별의 현장에서 복받치는 설움을 표출한 노래이다. 화자는 평양에 거주하며 길쌈 작업에 종사하는 하층 여인이다. 내용상 네 단락의 정서는 변화무쌍한 화자의 태도로 인해 독자를 복잡하게 이끈다. 눈물의 하소연에서 시작하여 믿음의 다짐으로 나아가던 화자의 정서는 끝내 원망과 질책, 체념으로 이어지면서 긴장을 불러오기 때문이다. 「가시리」 화자의 침착하고 여성스러운 처신과는 사뭇 다른 대응 태도이다. 종국에 갈등과 긴장 국면으로 전환되면서 예의 순종적 여인상을 깨뜨리고 새로운 여인의 전형을 우리에게 제시하고 있다.

화자는 의미상 첫째 단락에서 행동지향적 적극성을 보이지만, 둘째 단락에 이르러서는 여필종부적 순종성을 내비친다. 하지만 셋째 단락에 이르러 다시 태도가 돌변하여 님과의 헤어짐 앞에 결사적으로 저항하고 원망하다가, 마지막 넷째 단락에서는 끝내 체념으로 주저앉고 만다. 님에게 저항하는 것으로 모자라 제3자인 뱃사공에게까지 질책한다. 그러고도 해결하지 못한 이별의 한恨은 불확실한 미래까지 가정함으로써, 끝내 질투의 정념으로 치닫고 만다. 화자가 보여준 이별 앞에서의 갖가지 태도는 아마 우리 잠재의식에 숨겨져 있다가 정말 절박한 상황에서 분출될 뭇 자아의 퍼레이드일지도 모른다.

한편 이 노래는 같은 시대 지어진 정지상의 「님을 떠나보내며[送人]」나 앞선 시기 「공무도하가」와 마찬가지로 이별의 공간으로 강을 설정하였다. 서경은 화자의 애착이 담긴 도시이지만, 대동강은 여인의 전부인 님을 갈라놓는 몹쓸 공간이 되고 있다. 정지상의 시구에서도 언급했듯이 '해마다 이별의 눈물 더해 가는 대동강'은 사랑하는 이들에게는 그저 눈물의 강일 뿐이다. 민요 「둥당의타령」에서도 비슷한 정황을 통해 이별을 둘러싼 남녀 사이의 복잡한 관계와 정한情恨을 노래하였다. 「서경별곡」은 결국 안쓰러운 하소연과 부질없는 믿음에 바탕을 둔, 갑작스런 이별 앞에 선 애끊는 호소를 보여준다.

西京서경이 아즐가
西京서경이 셔울히마르는
위 두어렁셩 두어렁셩 다링디리

닷곤ᄃᆡ 아즐가
닷곤ᄃᆡ 쇼셩경 고외마른
위 두어렁셩 두어렁셩 다링디리

여ᄒᆡ므론 아즐가
여ᄒᆡ므논 질삼뵈 ᄇᆞ리시고
위 두어렁셩 두어렁셩 다링디리

괴시란ᄃᆡ 아즐가
괴시란ᄃᆡ 우러곰 좃니노이다
위 두어렁셩 두어렁셩 다링디리

구스리 아즐가
구스리 바회예 디신ᄃᆞᆯ
위 두어렁셩 두어렁셩 다링디리

긴히ᄯᆞᆫ 아즐가
긴힛ᄯᆞᆫ 그츠리잇가 나ᄂᆞᆫ
위 두어렁셩 두어렁셩 다링디리

즈믄 ᄒᆡ를 아즐가
즈믄 ᄒᆡ를 외오곰 녀신ᄃᆞᆯ
위 두어렁셩 두어렁셩 다링디리

信신잇ᄃᆞᆫ 아즐가
信신잇ᄃᆞᆫ 그즈리잇가 나ᄂᆞᆫ
위 두어렁셩 두어렁셩 다링디리

大同江대동강 아즐가
大同江대동강 너븐디 몰라셔
위 두어렁셩 두어렁셩 다링디리

ᄇᆡ 내여 아즐가
ᄇᆡ 내여 노ᄒᆞᆫ다 샤공아
위 두어렁셩 두어렁셩 다링디리

네 가시 아즐가
네 가시 럼난디 몰라셔
위 두어렁셩 두어렁셩 다링디리

녈 ᄇᆡ예 아즐가
녈 ᄇᆡ예 연즌다 샤공아
위 두어렁셩 두어렁셩 다링디리

大同江대동강 아즐가
大同江대동강 건넌편 고즐여
위 두어렁셩 두어렁셩 다링디리

ᄇᆡ 타 들면 아즐가
ᄇᆡ 타 들면 것고리이다 나ᄂᆞᆫ
위 두어렁셩 두어렁셩 다링디리

사모곡 思母曲

『악장가사』

호미도 날이건마는
낫같이 들 리도 없습니다
아버님도 어버이시지마는
위 덩더둥셩*
어머님같이 사랑하실 이가 없어라
아 님이시여
어머님같이 사랑하실 이가 없어라

위 덩더둥셩 '위'는 감탄사, '덩더둥'은 북소리를 나타낸 의성어, '셩'은 '성(聲)'으로 여겨진다.

사모思母, 어머니 사랑의 간절함

「사모곡」은 제목 그대로 어머니의 사랑에 대한 간절함이 주조를 이룬다. 노랫말은 아버지의 사랑보다 어머니의 사랑이 더 소중함을 호미와 낫에 비유하여 표현하였다. 전형적인 농사 체험을 바탕으로 불린 농촌민요라는 것도 알 수 있다. 관념적이고 상투적인 비유에서 벗어났기에 진정성의 무게는 더하다. 대조와 은유를 단순하고 짧게 썼을 뿐이지만, 어머니를 그리는 화자의 간곡한 심정은 듣는 이의 가슴을 울린다. 「사모곡」은 어머니를 노래함에 있어 현란한 수사는 군더더기가 될 뿐임을 우리에게 일러준다. 어머니에 대한 간절한 그리움을 통해 결국 안타까움까지 싸안은 효심을 노래하였다.

그런데 어머니에 대한 효심의 다른 쪽으로 아버지에 대한 일말의 서운함을 내비친 듯 보이기도 한다. 『고려사』 「악지」에 실린 신라 노래 「목주」와의 관련성이 줄곧 논의되는 이유가 이 때문이다. 목주 설화는 계모에게 마음이 기울어 딸의 효를 받아들이지 않은 아버지에 대한 원망을 기록하였다. 하지만 「사모곡」은 경우가 조금 다르다. 비록 어머니 사랑에는 못 미칠지언정 아버지 사랑도 나란히 노래하였다. 아버지에 대한 원망이 아닌, 어머니에 대한 사랑에 방점이 찍힌 것이다. 『시용향악보』에 제명이 '엇노리(어버이 노래)'라 올라 있는 점도 이를 방증傍證한다. 「상저가」와 마찬가지로 효를 주제로 내세웠기에 이 노래 또한 쉽게 궁중악에 편입될 수 있었다.

우리 시가에서 어머니를 모티프로 삼은 작품은 실로 큰 강을 이룬다. 그만큼 영원한 테마이다. 소월 시 「접동새」에는 계모의 시샘으로 인해 죽은 넋이 등장한다. 전남 「강강수월래」의 사설 일부도 「사모곡」과 유사한 내용을 담고 있다. 신안군의 「어매타령」이나 「어머니 죽음」의 정서는 애절하기 짝이 없다. 서유석이 노래한 「타박네야」도 눈시울을 젖게 한다. 이연실의 「찔레꽃」이나 장사익의 또 다른 「찔레꽃」 역시 그러하다. 이들 모두 죽은 엄마를 대상으로 하였으며 민요를 변용한 노래들이다. 가깝게는 '짜장면이 싫다고 하신' G.O.D.의 「어머님께」의 노랫말이 입에 맴돈다.

호미도 늘히언마ᄅᆞᄂᆞᆫ
ᄂᆞᆯᄀᆞ티 들 리도 업스니이다
아바님도 어이어신마ᄅᆞᄂᆞᆫ
위 덩더둥셩
어마님ᄀᆞ티 괴시리 업세라
아소 님하
어마님ᄀᆞ티 괴시리 업세라

쌍화점 雙花店

『악장가사』

쌍화점* 에 쌍화 사러 가니
회회아비*가 내 손목을 쥐더이다
이 말씀이 이 점* 밖에 나고 들면
다로러거디러
조그마한 새끼광대* 네 말이라 하리라
더러둥셩
다리러디러 다리러디러 다로러거디러 다로러
그 자리에 나도 자러 가리라
위 위
다로러거디러 다로러
그 잔 데같이 허황된 것이 없다

삼장사에 불 켜러* 가니
그 절 사주가 내 손목을 쥐더이다
이 말씀이 이 절 밖에 나고 들면
다로러거디러
조그만 새끼상좌* 네 말이라 하리라
더러둥셩
다리러디러 다리러디러 다로러거디러 다로러

그 자리에 나도 자러 가리라
위 위
다로러거디러 다로러
그 잔 데같이 허황된 것이 없다

두레우물에 물을 길러 가니
우물 용이 내 손목을 쥐더이다
이 말씀이 이 우물 밖에 나고 들면
다로러거디러
조그만 두레박아 네 말이라 하리라
더러둥셩
다리러디러 다리러디러 다로러거디러 다로러
그 자리에 나도 자러 가리라
위 위
다로러거디러 다로러
그 잔 데같이 허황된 것이 없다

술 팔 집에 술을 사러 가니
그 집 아비가 내 손목을 쥐더이다

쌍화점　만두 가게
회회回回아비　아랍계 몽골인
점店　가게
새끼광대　가게 사환
불 켜러　등(燈) 공양하러
새끼상좌上座　동자승

이 말씀이 이 집 밖에 나고 들면
다로러거디러
조그만 술 바가지야 네 말이라 하리라
더러등셩
다리러디러 다리러디러 다로러거디러 다로러
그 자리에 나도 자러 가리라
위 위
다로러거디러 다로러
그 잔 데같이 허황된 것이 없다

설만褻慢, 거리낌 없는 애욕의 현장

「쌍화점」은 개성에 사는 도시 여인의 애정노래이다. 작품에 등장하는 두 여인의 대화 내용은 다분히 외설적이다. 성적 일탈을 저지른 화자가 그 사실을 천연덕스럽게 노래하고, 다른 여인 또한 그곳에 가고 싶다고 호응한다. 다시 화자가 처음 그곳이 허황되다고 단정하면서 노래는 마무리된다. 공간적 배경인 쌍화점(1장), 삼장사(2장), 우물(3장), 술집(4장)은 모두 여인네가 접근하기 쉬운 장소들이다. 따라서 3장에 등장하는 '우물 용龍'은 외지 남자가 된다. 낯선 마을을 지나던 나그네가 두레우물을 찾았다가 일어난 은밀한 사건을 노래한 것으로 보았을 때, 노래 전체의 흐름은 좀더 자연스러워진다.

이 노래는 속요 가운데서도 외설猥褻 시비에 가장 많이 부대꼈다. 『고려사』「악지」에 실린 「삼장」 기록을 미루어 보면, 충렬왕 때의 총신인 오잠, 김원상, 석천보, 석천경 등에 의해 주도적으로 연행되었다. 작품의 표면적 주제는 문란한 사회상에 대한 경계를 담은 것으로 해석할 수 있다. 하지만 다른 한편으로 위선과 가식을 벗어던진 그 시대의 당당함과도 맞닥뜨리게 된다. 화자가 자신의 추문을 비밀에 부치고자 하면서도, 한편으로는 이를 즐기는 듯한 속마음 또한 내비치고 있기 때문이다. 조선 성종 때 남녀상열지사男女相悅之詞라 배척받았음은 당연한 일이다.

작품은 직설에 가까운 언술과 단순 반복 구조를 지닌 전 4장의 돌림노래이다. 게다가 비유나 상징도 부족해 작품 자체로 뛰어난 평가를 받지는 못했다. 계층을 망라하여 자유분방하게 펼쳐지는 성적 일탈을 곳곳에서 차례차례 그려냈기 때문이다. 하지만 이를 통해 성性에 대해 관대했던 고려인들의 인식 태도를 읽을 수도 있다. 어쩌면 그것이 당대인에게는 범상한 일상이요, 나아가서는 시대적 진실일지도 모른다. 이 작품을 고려 후기의 피폐한 민중의 삶과 연결해 보아야 하는 까닭이 여기에 있다.

雙花店(솽화뎜)에 雙花(솽화) 사라 가고신ᄃᆡᆫ
回回(휘휘)아비 내 손모글 주여이다
이 말ᄉᆞᆷ미 이 店(뎜) 밧긔 나명들명
다로러거디러
죠고맛감 삿기광대 네 마리라 호리라
더러둥셩
다리러디러 다리러디러 다로러거디러 다로러
긔 자리예 나도 자라 가리라
위 위
다로러거디러 다로러
긔 잔 ᄃᆡᄀᆞ티 덦거츠니 업다

三藏寺(삼장ᄉᆞ)애 블 혀라 가고신ᄃᆡᆫ
그 뎔 社主(샤쥬)ㅣ 내 손모글 주여이다
이 ᄆᆞᆯᄉᆞ미 이 뎔 밧긔 나명들명
다로러거디러
죠고맛간 삿기上座(샹좌)ㅣ 네 마리라 호리라
더러둥셩
다리러디러 다리러디러 다로러거디러 다로러
긔 자리예 나도 자라 가리라
위 위
다로러거디러 다로러
긔 잔 ᄃᆡᄀᆞ티 덦거츠니 업다

드레우므레 므를 길라 가고신ᄃᆡᆫ
우뭇 龍(룽)이 내 손모글 주여이다
이 말ᄉᆞ미 이 우믈 밧긔 나명들명
다로러거디러
죠고맛간 드레바가 네 마리라 호리라
더러둥셩
다리러디러 다리러디러 다로러거디러 다로러
긔 자리예 나도 자라 가리라
위 위
다로러거디러 다로러
긔 잔 ᄃᆡᄀᆞ티 덦거츠니 업다

술 ᄑᆞᆯ 지븨 수를 사라 가고신ᄃᆡᆫ

그 짓 아비 내 손모글 주여이다
이 말ᄉᆞ미 이 집 밧긔 나명 들명
다로러거디러
죠고맛간 싀구비가 네 마리라 호리라
더러둥셩
다리러디러 다리러디러 다로러거디러
다로러
긔 자리예 나도 자라 가리라
위 위
다로러거디러 다로러
긔 잔 ᄃᆡᄀᆞ티 덦거츠니 업다

이상곡 履霜曲

『악장가사』

비 오다가 개어 아 눈 많이 내리신 날에
서리[霜]는 서걱서걱 살• 이 좁은 굽어 도신 길에
다롱디우셔 마득사리 마두너즈세 너우지•
잠 앗아간 내 님을 생각하여
그딴• 열명길• 에 자러 오겠습니까
종종• 벼락이 쳐 아 삶은 무간지옥에 떨어지리니
금방 죽어 없어질 내 몸이
종종 벼락이 쳐 아 삶은 무간지옥에 떨어지리니
금방 죽어 없어질 내 몸이
내 님을 두옵고 다른 뫼• 를 걷겠습니까
이렇게 저렇게 이렇게 저렇게 하고자 하는 기약입니까
아 님이시여 함께 살아가고자 하는 기약입니다

살 길의 폭
다롱디우셔 마득사리 마두너즈세 너우지 불교의 진언으로 여겨진다.
그딴 그러한
열명길 저승을 관장하는 십분노명왕(十忿怒明王)이 지키는 무시무시한 길
종종 때때로
다른 뫼 '다른 님'을 비유적으로 표현한 것이다.

참회懺悔, 아픈 사랑의 뒤안길에서 깨닫는 뉘우침

「이상곡」은 아픈 사랑을 그린 노래이다. '서리를 밟는' 화자의 고통스러운 심정은 '진눈깨비 섞어 치는 궂은 날'과 '서리 내린 험한 길'이라는 순탄치 못한 시 · 공간적 배경으로 암시된다. 화자는 님이 다시 오지 않을 것으로 생각하고 있는데 '잠 따 간 내 님'이 '그딴 열명길'에 돌아오지 않으리라는 자탄이 이를 잘 말해준다. 이어지는 '열명길'이나 '지옥에 떨어질 몸'이란 표현 또한 작품의 비장감을 높여준다. 작품 속 '년 뫼'는 곧 다른 남자이고, 님에게서 버림받은 이유는 바로 이 때문이다. 화자는 이를 뉘우치고 떠나 버린 님과의 재회를 소망하지만, 헛된 기대일 뿐이다.

'서리 밟는 노래'란 여인의 한스러운 사랑을 비유적으로 표현한 제명이다. 부분적으로 남녀상열의 대목이 있지만 이는 화자의 종국적 참회를 전제한 회상부에 등장하고 있을 뿐이다. 전체적으로 화자의 비장한 심정에도 불구하고 님은 전혀 반응이 없다. 이 점에서 「이상곡」의 정서는 「동동」의 정서와 썩 닮아 있다. 하지만 「동동」의 화자가 비극적 상황 전개에도 불구하고 님이 돌아올 것을 끝까지 믿는 반면에, 이 노래의 화자는 님의 부재를 통감하고 재회의 길이 없음을 스스로 깨닫고 있는 점에서 서로 다르다. 또한 불륜을 전제로 한 독백 구조라는 점에서는 「유구곡」과도 대비된다. 다만 「유구곡」이 현재진행형이라면, 「이상곡」은 과거완료에 가깝다.

한편 이 노래는 작가가 누구인가를 두고 고려 말 문신 채홍철蔡洪哲이 지은 충신연주지사라는 설, 유녀遊女 작가설, 청상靑孀 작가설 등의 논란이 있다. 하지만 문면에 드러난 화자는 님에게 버림받고 뜨거웠던 사랑의 뒤안길에서 스스로 참회하는 사련邪戀의 주인공일 뿐이다. 절망의 상황에서도 끝내 미련을 떨치지 못하는 화자의 심회가 매우 강렬하게 남는다. 이 작품의 무겁고 어두운 분위기, 그리고 비장한 독백은 잘 맞아떨어진다. 님의 부재를 뼈저리게 느낀 화자는 아픈 사랑의 뒤안길에서 다시 오지 않을 님에 대한 뉘우침으로 노래를 끝맺고 있다.

비 오다가 개야 아 눈 하 디신 나래
서린 석석 사리 조ᄇᆞᆫ 곱도신 길헤
다롱디우셔 마득사리 마두너즈세 너우지
잠 ᄯᅡ간 내 니믈 너겨
깃ᄃᆞᆫ 열명길헤 자라 오리잇가
죵죵 霹靂(벽력) 生(싱) 陷墮無間(함타무간)
고대셔 싀여딜 내 모미
죵 霹靂(벽력) 아 生(싱) 陷墮無間(함타무간)
고대셔 싀여딜 내 모미
내 님 두ᄉᆞᆸ고 년 뫼를 거로리
이러쳐 뎌러쳐 이러쳐 뎌러쳐 期約(긔약)이잇가
아소 님하 ᄒᆞᆫᄃᆡ 녀졋 期約(긔약)이이다

가시리

『악장가사』

가시려 가시렵니까
버리고 가시렵니까
위 증즐가 대평성대

날러는* 어찌 살라 하고
버리고 가시렵니까
위 증즐가 대평성대

잡아 두고 싶지만
(눈에) 선하면 아니 올세라*
위 증즐가 대평성대

서러운 님 보내옵나니
가시는 듯 돌아서 오소서
위 증즐가 대평성대

날러는 나더러는
아니 올세라 아니 오겠는가 싶어

애원哀願, 절제된 슬픔으로서의 여심女心

「가시리」는 이별을 노래한 속요 가운데서도 으뜸이다. 이별은 동서고금을 막론하고 시가의 주요 모티프가 된다. 이별의 순간에서만큼은 누구나 가식 없는 내면의 정서를 드러내기 때문이다. 정말 안타까운 이별 앞에서는 감정의 절제마저 무력해지지 않는가. '(떠나보내기엔) 서러운 님'이라는 표현은 절묘하다. 그러면서도 감정을 과하게 쏟아내지 않는 화자의 태도는 묘한 감동을 준다. '가시는 것처럼 하다가 다시 와 달라'는 애원이야말로 이별을 당하는 자의 간곡한 심정일 것이다. 그렇기에 우리는 화자가 토로吐露하고 있는 절제된 슬픔의 정서를 따라 가슴 저린 사랑에 젖어든다.

남녀 사이 이별의 정한은 우리 시가사에서 면면한 전통을 찾을 수 있다. 아주 앞선 시기의 「공무도하가」는 님과의 사별이기에 비장하다. 「가시리」의 이별은 가슴 아린 설움에도 불구하고 참 아름답다. 조선 때 황진이의 시조 '어저 내 일이야~'에서 보이는 화자의 심회와 궤를 같이 한다. 소월 시 「진달래꽃」의 정서상 맥락도 한가지이다. 「아리랑」에서도 정황은 다르지 않다. 김유신을 원망하며 불렀다는 천관의 「원사」나 온달의 죽음을 맞아 부르짖은 평강공주의 마지막 말도 마찬가지로 이별의 서정을 극대화한 경우이다.

이처럼 「가시리」 서정의 밑바탕은 우리 전통의 이별관과 튼튼히 연계해 있다. 사랑하는 님과 헤어지는 절체절명의 상황에서도 다시 돌아올 것을 믿고 다짐하는 여인의 믿음. 이는 인종忍從만을 강요당해 온 한국 여인 특유의 현실적 대응 방식일 수도 있고, 불교에서의 윤회사상과도 통할 수 있다. 만남과 헤어짐의 순환 구조는 낮과 밤, 봄과 가을, 삶과 죽음이 교차되듯이

정작 자연의 주기나 일상적 삶의 원리와 일치한다. 「가시리」에 기우는 우리의 공감대는 이 점에서도 비롯된다. 절제된 슬픔인 여심을 통해, 실제로는 절박한 이별 앞의 가식 없는 설움을 보여주는 것이다.

가시리 가시리잇고 나ᄂᆞᆫ
ᄇᆞ리고 가시리잇고 나ᄂᆞᆫ
위 증즐가 大平聖代[대평성대]

날러는 엇디 살라 ᄒᆞ고
ᄇᆞ리고 가시리잇고 나ᄂᆞᆫ
위 증즐가 大平聖代[대평성대]

잡ᄉᆞ와 두어리마ᄂᆞᄂᆞᆫ
선ᄒᆞ면 아니올셰라
위 증즐가 大平聖代[대평성대]

셜온 님 보내ᄋᆞᆸ노니 나ᄂᆞᆫ
가시ᄂᆞᆫ ᄃᆞᆺ 도셔오쇼셔 나ᄂᆞᆫ
위 증즐가 大平聖代[대평성대]

만전춘 별사 滿殿春別詞

『악장가사』

얼음 위에 댓잎자리 보아 님과 내가 얼어 죽을망정
얼음 위에 댓잎자리 보아 님과 내가 얼어 죽을망정
정 둔 오늘밤 더디 새오시라 더디 새오시라

뒤척뒤척 외로운 잠자리에 어느 잠이 오리오
서쪽 창을 열어보니 복숭아꽃이 피는구나
복숭아꽃은 시름없어 봄바람에 웃는구나 봄바람에 웃는구나

넋이라도 님과 함께 살아가리라 여겼더니
넋이라도 님과 함께 살아가리라 여겼더니
우기시던 이 누구셨습니까 누구셨습니까

오리야 오리야 어여쁜 비오리야
여울은 어디 두고 못에 자러 오느냐
못이 곧 얼면 여울도 좋으니 여울도 좋으니

남산에 자리 보아 옥산을 베어 누워
금수산 이불 안에 사향각시* 를 안아 누워

사향각시　귀한 향료인 '사향' 같은 각시이니 '더없이 귀하고 소중한 님'이라는 의미이다.

남산에 자리 보아 옥산을 베어 누워
금수산 이불 안에 사향각시를 안아 누워
약 든 가슴을 맞추옵시다 맞추옵시다

아 님이시여 영원토록 헤어질 줄 모르옵시다

열정熱情, 얼음마저 녹인 뜨거운 사랑

「만전춘 별사」는 순수한 애정을 노래한 작품이다. 얼음마저 녹일 열정을 밑바닥에 깔고는 사랑과 이별, 기다림의 고독과 안타까운 원망, 재회의 기쁨과 맹세 등 그야말로 남녀 간 사랑의 파노라마를 펼쳐 보인다. 1장은 서사이다. '얼음 위에 댓잎자리'는 불같이 뜨거운 잠자리와 대조되는 극단적 정황이다. '정 둔 오늘밤'의 절박함과 치열함도 돋보인다. 첫머리에서 대뜸 '님과 내가 얼어 죽을망정'이라 단언할 정도로 육체적 사랑을 대차게 밀고 나간다. 사뭇 진지하고 외려 비장감마저 감돈다. 님을 향한 사랑은 얼음마저 아랑곳하지 않는 뜨거운 열정으로 시작되어 작품 전체를 이끈다.

2장부터는 본사부로 바뀐다. 앞서의 치열했던 밤은 고독만으로 남았다. 여기서는 복숭아꽃[桃花]과 봄바람[春風]의 비유가 절묘하다. 3장은 본사의 연속이다. 이젠 헤어진 님을 기다리기에도 지쳐 원망을 드러낸다. 4장은 본사의 마지막이다. 2장에서 헤어지고 3장에서 원망한 님을 4장에 이르러 다시 만난다. 이렇게 본사는 님과의 헤어짐, 님에 대한 원망, 님의 돌아옴이라는 세 장으로 구성되어 있다. 5장은 결사이다. 이미 4장에서 예비된 만남을 통해 다시 사랑의 절정을 이루며 숭고하고 장엄한, 현실적 사랑의 노래가 된다. 6장은 에필로그이다. 내용상으로 5장에 이어지면서도 다른 한편으로는 형태상으로 작품 전체를 마무리해준다.

노래는 님과의 뜨거운 사랑에서 출발하여 님의 떠나감으로 인한 고통, 기다림의 고독과 원망, 그리고 다시 돌아온 님과의 재결합으로 인한 환희, 그리고 변치 않는 사랑의 맹세로 마무리되면서 그 과정에서 유로流露될 수 있는 정서를 망라하고 있다. 각 장은 순차를 이루며 사랑의 변인을 다채롭게 펼쳐내었다. 그러다 보니 어느 속요처럼 남녀상열지사로 지탄받았다. 하지만 정말 진실한 사랑이라면 그 치열함이 흉이 될 리 없다. 도리어 「만전춘 별사」는 정녕 순수하고 아름다운 사랑이 무엇인지를 우리에게 되묻고 있지 않은가. 님과의 사랑을 지선至善으로 여기는 화자는 파란과 곡절의 굽이를 넘어 님과의 영원한 합일을 추구했을 뿐이다.

어름 우희 댓닙자리 보와 님과 나와 어러주글만뎡
어름 우희 댓닙자리 보와 님과 나와 어러주글만뎡
情[정] 둔 오ᄂᆞᆳ범 더듸 새오시라 더듸 새오시라

耿耿[경경] 孤枕上[고침상]애 어느 ᄌᆞ미 오리오
西窓[서창]을 여러ᄒᆞ니 桃花[도화]ㅣ 發[발]ᄒᆞ두다
桃花[도화]는 시름업서 笑春風[쇼츈풍]ᄒᆞᄂᆞ다 笑春風[쇼츈풍]ᄒᆞᄂᆞ다

넉시라도 님을 ᄒᆞᆫᄃᆡ 녀닛 景[경] 너기다니
넉시라도 님을 ᄒᆞᆫᄃᆡ 녀닛 景[경] 너기다니
벼기더시니 뉘러시니잇가 뉘러시니잇가

올하 올하 아련 비올하
여흘란 어듸 두고 소해 자라 온다
소콧 얼면 여흘도 됴ᄒᆞ니 여흘도 됴ᄒᆞ니

南山[남산]애 자리 보와 玉山[옥산]을 벼어 누어
錦繡山[금슈산] 니블 안해 麝香[샤향]각시를 아나 누어

南山[남산]애 자리 보와 玉山[옥산]을 벼어 누어
錦繡山[금슈산] 니블 안해 麝香[샤향]각시를 아나 누어
藥[약] 든 가슴을 맛초ᄋᆞᆸ사이다 맛초ᄋᆞᆸ사이다

아소 님하 遠代平生[원뎌평싱]애 여힐 ᄉᆞᆯ 모ᄅᆞᄋᆞᆸ새

유구곡 維鳩曲

『시용향악보』*

비둘기새는
비둘기새는
울음을 울되
뻐꾸기가 난 좋아
뻐꾸기가 난 좋아

시용향악보 조선 중기에 간행된 것으로 추정되는 음악 책. 향악(속악)의 악보집으로서, 16정간에 5음으로 악보를 표시하였다. 특히 『악학궤범』과 『악장가사』에서는 볼 수 없는 속요 「유구곡」과 「상저가」 및 여러 무가가 실려 있다.

사련邪戀, 빗나간 사랑의 허망한 아쉬움

「유구곡」은 뻐꾸기를 향한 비둘기의 구애라는 빗나간 사랑을 비유한 노래이다. 화자는 여느 속요와 마찬가지로 부재하는 님을 애틋하게 그리는 여인이다. 노랫말의 의미는 비둘기가 울음을 울며 "뻐꾸기가 난 좋아"라고 말하는 것으로 풀이된다. 비둘기에게는 가당찮은, 뻐꾸기에 대한 은밀한 사랑을 고백한 것이다. 따라서 이 노래의 내밀한 의미는 실상 불륜이다. 상대에 대한 은밀한 친근감이나 소극적이고 부끄러운 듯한 자세, 아쉬움과 미련을 풍기는 태도 등에서 공인받지 못한 사랑의 뉘앙스를 풍기기 때문이다. 비둘기와 뻐꾸기의 생태적 습성을 미루어 해석해 보아도 이 노래는 불륜의 이미지를 갖는다.

그간 이 노래를 『고려사』 「악지」에 적힌 예종 작 「벌곡조」로 보는 학계의 논의가 있었지만 옳지 않다. 구조상 군주의 작품답지 않을뿐더러, 예종의 「도이장가」나 다른 한시들과는 그 경향이 사뭇 다르기 때문이다. 반면에 우리 민요의 전통적 격조와는 고스란히 맞닿아 있다. 통사적으로 분석해 보아도 노래 속 '나'는 전체 문장의 대주어인 '비둘기'이다. 「벌곡조」는 김부식의 한시에 등장하는 「포곡가」에서 그 내용을 유추해 볼 수 있는데 『시용향악보』에 실려 전하는 「유구곡」과는 완전히 다른 노래임을 알 수 있다. 결국 작품의 짜임과 내용, 그리고 그 정서 및 주제를 갈라 종합해 보면 「유구곡」은 전형적인 애정민요라는 사실을 알 수 있다.

그래서 「유구곡」은 고려 속요 전반을 지배하는 남녀상열지사 계열의 민요로 남고 말았다. 하지만 사회 통념상 빗나간 사랑이라는 손가락질도 당사자에게는 지순至純한 사랑일 수 있다. '내가 하면 로맨스, 남이 하면 스캔들'이란 금언처럼 우리는 자신만의 완고한 잣대로 남을 재단하기 일쑤이지 않은가. 하지만 불후의 명작 중에는 공인받지 못한 사랑의 쟁투, 나아가 금기의 문을 깨뜨린 것들이 적지 않다. 결국 「유구곡」에 감춰진 정서는 빗나간 사랑의 언저리에 남은 허망한 아쉬움과 외로움이다.

비두로기새ᄂᆞᆫ
비두로기새ᄂᆞᆫ
우루믈 우루ᄃᆡ
버곡댱이ᅀᅡ 난 됴해
버곡댱이ᅀᅡ 난 됴해

상저가 相杵歌

『시용향악보』

덜커덩 방아나 찧어 히얘
거친 밥이나 지어 히얘
아버님 어머님께 받잡고• 히야해•
남으면 내 먹으리 히야해 히야해

받잡고　바쳐 드리고
히얘·히야해　방아 찧을 때 숨 고르는 소리를 나타내는 의성어

빈효貧孝, 가난 속에 꽃핀 효심

「상저가」는 전형적인 농촌민요이다. 고려 때 민중들의 가난한 삶터와 화자의 진솔한 표백表白을 통해, 거기서 우러나오는 효의 정서를 고스란히 담아내었다. 농가의 궁핍한 살림살이가 마치 손에 잡힐 듯 묻어나지만, 부모님을 향한 화자의 효심에는 별다른 갈등이 일지 않는다. 그만큼 진실의 무게가 실려 있다. 감동의 울림이 한껏 절실해질 수밖에 없는 이유이다. 어려움에도 화합하고 가족 간 유대를 더욱 강화하는 우리의 성정. 이는 유교적 덕목 이전에 민족 고유의 타고난 심성이자 뿌리 깊은 사회적 전통이 아닌가 싶다. 가난 속에 꽃핀 효심의 노래는 가족 간의 진정한 사랑은 가난조차 가를 수 없다는 교훈을 넌지시 건네준다.

이 노래는 제목이 일러주듯 '맞방아 노래'로서 오랜 연원을 지닌 노동요이다. 『시용향악보』에 실려 민요의 원형을 비교적 온전히 전하고 있다. 실사부인 앞소리와 여음구로서의 뒷소리는 매기고 받는 선후창 구조로 이루어졌다. 노래는 또한 잘 짜인 대구를 겹으로 갖는다. 전반부의 방아 찧기 노동과 후반부의 부모님 봉양이 크게 대조를 이루고, 다시 1행의 생산 과정과 2행의 노동 결과물, 3행의 부모님 공경과 4행의 자식 된 도리가 각각 한 번씩 대구를 이룬다. 우리 문학의 전통적 제재인 가난을 문면에 그대로 등장시켜 효심이라는 주제를 성공적으로 구현했다.

한편 「상저가」는 신라 노래인 백결의 「대악」과 관련하여 논의되기도 하였다. 가난을 남루로 여기지 않고 받아들인 전통은 「대악」에서부터 비롯되었으나 '방아노래'라는 계통적 연관성만 지닐 뿐 같은 노래로 볼 수는 없다. 이후 조선 때 정극인의 가사 「상춘곡」과 한석봉의 시조 '짚방석 내지 마라

~', 김상용의 시 「남으로 창을 내겠오」 등으로 그 맥이 이어져 왔다. 모두 안빈낙도安貧樂道를 노래한 시가이지만 물질적 풍요에 연연하지 않는 우리 문학의 긴 흐름을 보여준 점에서 「상저가」와 그 궤를 같이 한다.

듥긔동 방해나 디히 히얘
게우즌 바비나 자ᅀᅥ히얘
아바님 어마님ᄭᅴ 받ᄌᆞᆸ고 히야해
남거시든 내 머고리 히야해 히야해

정읍사 井邑詞

『악학궤범』

달님이시여 높이높이 돋으시어
어긔야 멀리멀리 비춰주소서
어긔야 어강됴리
아으 다롱디리
온 시장•을 다니시나요
어긔야 진 데•를 디딜까 두렵습니다
어긔야 어강됴리
어느 곳에나 놓으십시오
어긔야 내 가는 데• 저물까 두렵습니다
어긔야 어강됴리
아으 다롱디리

온 시장 '全져재'를 '전주 시장'으로 풀이하는 견해도 있다. 한편 원문의 '後腔全져재'를 '후강전(後腔全) 져재'로 끊어 '후강전'을 악조명으로 보기도 한다.
진 데 위험한 곳을 비유한 말이다.
내 가는 데 님의 안위를 나와 동일시한 표현이다.

망부望夫, 남편을 향한 지고지순한 사랑

「정읍사」는 전형적인 망부가望夫歌로서, 백제 때 정읍에 사는 행상인의 아내가 남편의 안위安危를 걱정해 부른 노래이다. 비록 몸은 떨어져 있을지언정 밤길을 환히 밝혀주는 달은 화자와 남편의 심정적 거리를 단박에 이어준다. 높이 떠서 멀리 비춰주는 달은 바로 남편을 향한 아내의 심정이다. 아내의 지순한 사랑을 '달'과 '진 데'라는 고도의 상징과 비유로 빚어내었다. '내 가는 데 저물까 두렵다'는 표현도 절묘하다. 님과 나의 완전한 합일을 보여주는 대목이다. 화자의 간절한 기원의 목소리가 생생하게 들리는 듯하다.

작품 속 아내가 남편의 밤길을 염려하는 애틋한 심정을 마주할 때, 우리는 절로 마음속 깊숙이 자리한 한 여인을 떠올리게 된다. 바로 우리 이별 노래의 고전으로 꼽히는 속요 「가시리」나 황진이의 시조, 민요 「아리랑」, 소월 「진달래꽃」의 여인이다. 「정읍사」를 통해 만나는 여인도 이들이 보여준 순백純白의 사랑에서 멀리 벗어나 있지 않다. 기약 없이 떠나는 님을 향해 아픈 가슴을 부여안고 기다리는 여인의 모습들. 천년을 이어 온 우리 사랑과 이별의 정화를 여기서 찾을 수 있다.

노래에서 달은 중요한 시어로 기능한다. 물론 우리 문학의 전통이다. 향가 「원왕생가」의 달은 작가 광덕과 신앙의 대상인 서방정토의 무량수불을 이어주는 인도자 역할을 한다. 이용복이 부른 가요 「달맞이꽃」에서의 달은 기다림과 그리움의 대상으로 등장한다. 전래 동요 「달아 달아 밝은 달아」에서는 부모 봉양을 기원하는 대상이다. 「정읍사」에서도 사정은 비슷하다. 남편이 무사하기만을 바라는 화자의 간절한 바람을 달을 매개로 하여 노래하였다. 민속신앙에서 달은 특히 부녀자들의 기원의 대상물이기에, 작품 속 달은 더욱 효과적으로 전체의 시상을 이끌고 있다.

이 작품은 『악학궤범』에 노래의 전문이 실려 전하지만 『고려사』 「악지」 '삼국 속악' 조에 그 창작 동기와 유래가 올라 있다. 백제 때 정읍을 포함한 전주권에서 전해 오다가, 고려와 조선을 거치면서 속악에 편입되었다. 이런 사정으로 인해 상대가요 중 유일하게 국문으로 표기되어 전하는 영광을 안았다. 흔히 고려 속요와 묶어 같이 취급하는 관행이 있지만, 이제는 갈라 백제의 노래로 돌려야 한다. 작품의 주제인 아내의 '열烈'은 유교적 덕목이기에 쉽게 궁중의 선택을 받았다. 또한 여음구를 빼고 보면 3장 6구의 구조를 지녀 형태 면에서 향가와 시조의 중간 양식으로 추정하기도 한다.

前腔　ᄃᆞᆯ하 노피곰 도ᄃᆞ샤
　　어긔야 머리곰 비취오시라
　　어긔야 어강됴리
小葉　아으 다롱디리
後腔　全져재 녀러신고요
　　어긔야 즌 ᄃᆡ롤 드ᄃᆡ욜셰라
　　어긔야 어강됴리
過篇　어느이다 노코시라
金善調　어긔야 내 가논 ᄃᆡ 졈그롤셰라
　　어긔야 어강됴리
小葉　아으 다롱디리

경기체가

한림별곡 韓林別曲

한림제유•, 『악장가사』

유원순의 문장 이인로의 시 이공로의 사륙변려문•
이규보와 진화•의 쌍운주필•
유충기의 대책문• 민광균의 경서 풀이 김양경의 시와 부
아 과시장•의 모습 그 어떠합니까
금의 밑의 빼어난 문인 금의 밑의 빼어난 문인
아 나까지 모두 몇 분입니까

당서 한서 장자 노자 한유 유종원의 문집
이백 두보의 시집 난대집• 백거이의 문집
시경 서경 주역 춘추 주대예기•
아 주까지 내리 외우는 모습 그 어떠합니까
태평광기 사백여 권 태평광기 사백여 권
아 두루 읽는 모습 그 어떠합니까

진경서• 비백서• 행서 초서
전주서• 과두서• 우서• 남서•
양수필• 서수필• 비껴들어
아 획을 찍는 모습 그 어떠합니까
오생 유생 두 선생의 오생 유생 두 선생의

아 붓 휘갈겨 쓰는 모습 그 어떠합니까

황금주 백자주• 송주 예주•
죽엽주 이화주• 오가피주
앵무잔• 호박배•에 가득 부어
아 권하여 올리는 모습 그 어떠합니까
유영 도잠 두 선옹•의 유영 도잠 두 선옹의
아 취한 모습 그 어떠합니까

분홍 모란 흰 모란 진홍 모란

한림제유翰林諸儒 한림의 여러 유생이라는 뜻이니 첫 장에 등장하는 이인로, 이규보 등 여덟 문인이 돌아가면서 한 장씩 지은 것으로 추정한다. 이들은 모두 후렴구에 나온 학사 금의의 문하생이었다.
사륙변려문四六騈儷文 4자 6자의 대구로 된 문장
이규보와 진화 이규보는 정언(正言) 벼슬을, 진화는 한림(翰林) 벼슬을 지냈다.
쌍운주필雙韻走筆 운자(韻字) 두 개를 홀 · 짝 구에 번갈아 가며 쓰는 시를 '붓을 내달리듯 바로 짓는다'는 뜻
대책문對策文 시정(時政)에 대한 물음에 답하는 글
과시장科試場 과거 시험을 치르는 장소
난대집蘭臺集 한나라 때 궁궐의 전적(典籍) 창고에 보관된 시문집
주대예기周戴禮記 주나라 이래 전해 온 예기인데, 대대례(大戴禮)와 소대례(小戴禮)가 있다.
진경서眞卿書 당나라 안진경의 서체
비백서飛白書 날아가는 듯한 모양의 서체
전주서篆籀書 소전(小篆)과 대전(大篆)의 서체
과두서蝌蚪書 올챙이 모양의 서체
우서虞書 『서경(書經)』의 서체
남서南書 『남사(南史)』의 서체
양수필羊鬚筆 양 수염으로 만든 붓
서수필鼠鬚筆 족제비 수염으로 만든 붓
백자주柏子酒 잣술
예주醴酒 단술. 감주(甘酒)
이화주梨花酒 배꽃을 넣어 빚은 술
앵무잔鸚鵡盞 앵무조개의 껍질로 만든 술잔
호박배琥珀盃 호박으로 만든 술잔
선옹仙翁 나이 든 신선을 높여 부른 표현

분홍 작약 흰 작약 진홍 작약
어류옥매• 황자장미• 지지동백•
아 사이사이 핀 모습 그 어떠합니까
합죽도화 고운 두 분• 합죽도화 고운 두 분
아 서로 바라보는 모습 그 어떠합니까

아양의 거문고 문탁의 피리 종무의 중금•
대어향 옥기향이 타는 쌍가야금
금선의 비파 종지의 해금 설원의 장구
아 밤새워 노는 모습 그 어떠합니까
일지홍의 비껴든 피리소리 일지홍의 비껴든 피리소리
아 듣고서야 잠들고 싶어라

봉래산 방장산 영주산의 삼신산•
이 삼신산 홍루각 아름다운 선녀•
녹발선인•이 비단장막 안에서 구슬발 반만 걷고
아 높이 올라 오호를 바라보는 모습 그 어떠합니까
푸른 버들 푸른 대 심은 정자 둔덕에 푸른 버들 푸른 대 심은 정자 둔덕에
아 지저귀는 꾀꼬리 반갑기도 하여라

당당당 당추자• 쥐엄나무에
붉은 실로 붉은 그네를 매옵니다
당기시라 미시라 정소년이시여
아 내 가는 데 남이 갈세라

옥 깎은 듯 고운 두 손길에 옥 깎은 듯 고운 두 손길에

아 손잡고 함께 노니는 모습 그 어떠합니까

어류옥매御柳玉梅　어류는 궁궐의 버드나무이며 옥매는 장미과의 관목이다.

황자장미黃紫薔薇　노란 장미와 자줏빛 장미

지지동백芷芝冬栢　영지(靈芝)의 다른 말인 지지(芷芝)와 동백

합죽도화合竹桃花 고운 두 분　대나무와 복숭아나무가 마주 서 바라보는 모습을 의인화했다.

중금中琴　거문고의 일종

삼신산三神山　신선이 사는 세 산. 우리나라에서는 각각 금강산(봉래산), 지리산(방장산), 한라산(영주산)의 다른 이름으로 불린다.

아름다운 선녀　이 대목의 원문을 보면 한자는 '婥妁仙子(작작선자)'인데, 음이 '작약선자'로 달려 있다.

녹발선인綠髮仙人　머릿결이 검푸르게 윤이 나는 신선

당추자唐楸子　호두나무

호방豪放, 신진사대부의 교양과 풍류

「한림별곡」은 고려 고종 때 한림의 유생들이 지은 최초의 경기체가이다. 첫 장에 등장하는 문인들이 돌아가면서 지은 것으로 추정된다. 1장 후렴구에 신진사대부들의 세계관과 미의식, 곧 이들의 득의에 찬 기상과 호방한 흥을 잘 드러내었다. 무신집권 이후 문벌귀족은 몰락했고, 실력만으로 중앙에 진출한 이들 신진문사들에게 세상은 신천지일 수밖에 없었다. 그 당당함이 작품에 물씬 묻어난다. 문인의 교양으로 출발하였지만, 점차 풍류를 거쳐 향락으로 마무리되었다. 이 작품은 이후에 지어진 경기체가의 전범이 되었다.

출발은 당당하다. 1장에 금의의 문하생 8명이 등장하면서 각자의 특장特長으로 문필文筆을 자랑하였다. 이를 통해 이인로, 이규보 등 그때의 문인들과 한문학의 주요 장르를 엿볼 수 있다. 2장에서는 시詩 · 서書 · 역易 삼경을 비롯해 이백·두보·백거이의 시집 등 문인의 필독서를 열거하였다. 3장에서는 각종 서체를 열거하여 고려 시기의 교양 일반을 우리에게 보여준다. 당대 인텔리 계층의 문화 백과사전을 펼쳐 보는 듯 생생하다.

하지만 문인의 일상이 어찌 학문만으로 점철되겠는가. 학문과 풍류의 교차는 그때도 예외가 아니었다. 전환점은 4장에서 마련된다. 그리스신화에서 이성의 신 아폴론과 감성의 신 디오니소스가 공존하듯, 어느새 호사스러운 술의 향연으로 뒤바뀐다. 한잔 술로 흥취를 돋운 이들의 세계는 5장의 화려한 꽃구경을 거쳐 6장에 이르러서는 쟁쟁한 기생들의 악기 연주로 넘어간다. 풍류의 절정은 7장의 신선놀음으로 이어지다가, 결국 8장의 그네놀이로 마무리되었다. 학문적 자긍심을 넘어 호방한 기개까지, 한마디로 거칠 것이 없다.

그래서일 게다. 훗날 조선의 이황은 이 작품을 들어 "교만하고 방탕한 데다 비루하게 희롱하고 절도 없이 좋아하는 내용이어서 더욱 군자가 숭상할 바가 아니"라고 비판하였다. 자기 수양과 성찰은 없이, 자만과 풍류에 빠진 문사들의 자세가 대大성리학자의 성에 찼을 리 만무하다. 신진사대부들의 자유롭고 당당한 세계 인식은 이황의 그것과 서로 맞물리기 어려웠을 것이다. 퇴계의 꾸짖음은 선비로 처신하는 것이 얼마나 어려운지, 학문과 풍류 사이에 균형과 조화를 유지하기가 얼마나 힘든지를 다시 한 번 돌아보게 한다.

元淳文 仁老詩 公老四六 [원순문 인로시 공로사륙]
李正言 陳翰林 雙韻走筆 [이정언 진한림 쌍운주필]
冲基對策 光鈞經義 良鏡詩賦 [충기대책 광균경의 양경시부]
위 試場[시장] ㅅ 景[경] 긔 엇더ᄒᆞ니잇고
(葉) 琴學士[금학사]의 玉笋門生[옥순문생] 琴學士[금학사]의 玉笋門生[옥순문생]
위 날조차 몃부니잇고

唐漢書 莊老子 韓柳文集 [당한서 장노자 한유문집]
李杜集 蘭臺集 白樂天集 [이두집 난대집 백낙천집]
毛詩尙書 周易春秋 周戴禮記 [모시상서 주역춘추 주대예기]
위 註[주]조쳐 내 외옰 景[경] 긔 엇더ᄒᆞ니잇고
(葉) 太平光記 四百餘卷 [태평광기 사백여권] 太平光記 四百餘卷 [태평광기 사백여권]
위 歷覽[역람] ㅅ 景[경] 긔 엇더ᄒᆞ니잇고

眞卿書 飛白書 行書草書 진경서 비백서 행서초서

篆籒書 蝌蚪書 虞書南書 전주서 과두서 우서남서

羊鬚筆 鼠鬚筆 양수필 서수필 빗기 드러

위 딕논 景경 긔 엇더ᄒᆞ니잇고

(葉) 吳生劉生 兩先生 오생유생 양선생의 吳生劉生 兩先生 오생유생 양선생의

위 走筆주필ㅅ 景경 긔 엇더ᄒᆞ니잇고

黃金酒 栢子酒 松酒醴酒 황금주 백자주 송주예주

竹葉酒 梨花酒 五加皮酒 죽엽주 이화주 오가피주

鸚鵡盞 琥珀盃 앵무잔 호박배예 ᄀᆞ득 브어

위 勸上권상ㅅ 景경 긔 엇더ᄒᆞ니잇고

(葉) 劉伶陶潛 兩仙翁 유영도잠 양선옹의 劉伶陶潛 兩仙翁 유영도잠 양선옹의

위 醉취ᄒᆞᆫ 景경 긔 엇더ᄒᆞ니잇고

紅牧丹 白牧丹 丁紅牧丹 홍목단 백목단 정홍목단

紅芍藥 白芍藥 丁紅芍藥 홍작약 백작약 정홍작약

御柳玉梅 黃紫薔薇 芷芝冬栢 어류옥매 황자장미 지지동백

위 間發간발ㅅ 景경 긔 엇더ᄒᆞ니잇고

(葉) 合竹桃花합죽도화 고온 두 분 合竹桃花합죽도화 고온 두 분

위 上暎상영ㅅ 景경 긔 엇더ᄒᆞ니잇고

阿陽琴 文卓笛 宗武中琴 아양금 문탁적 종무중금

帶御香 玉肌香 雙伽倻 대어향 옥기향 쌍가야ㅅ고

金善琵琶 宗智嵇琴 薛原杖鼓 금선비파 종지혜금 설원장고

위 過夜과야ㅅ 景경 긔 엇더ᄒᆞ니잇고

(葉) 一枝紅일지홍의 빗근 笛吹적취 一枝紅일지홍의 빗근 笛吹적취

위 듣고아 좀드러지라

蓬萊山 方丈山 瀛州三山 봉래산 방장산 영주삼산

此三山 紅樓閣 婥妁仙子 차삼산 홍루각 작약선자

綠髮額子 錦繡帳裏 珠簾半捲 녹발액자 금수장리 주렴반권

위 登望五湖등망오호ㅅ 景경 긔 엇더ᄒᆞ니잇고

(葉) 綠楊綠竹 栽亭畔 녹양녹죽 재정반애 綠楊綠竹 栽亭畔 녹양녹죽 재정반애

위 囀黃鶯전황앵 반갑두셰라

唐唐唐 唐楸子 당당당 당추자 皂莢조협남긔

紅홍실로 紅홍글위 ᄆᆡ요이다

혀고시라 밀오시라 鄭少年정소년하

위 내 가논 ᄃᆡ ᄂᆞᆷ 갈셰라

(葉) 削玉纖纖 雙手 삭옥섬섬 쌍수ㅅ 길헤 削玉纖纖 雙手 삭옥섬섬 쌍수ㅅ 길헤

위 携手同遊휴수동유ㅅ 景경 긔 엇더ᄒᆞ니잇고

관동별곡 關東別曲

안축•, 『근재집』•

바다 겹겹 산 첩첩 관동별경
푸른 휘장 붉은 장막 병마영주•
옥대 띠고 일산 기울이며 검은 창 붉은 깃발 앞세운 명사길•
아 순찰하는 모습 그 어떠합니까
지역 백성과 풍물 의를 사모하고 풍교•를 좇네
아 임금의 교화 입어 중흥하는 모습 그 어떠합니까

학성 동쪽 원수대 천도 국도
삼신산 옮겨 놓고 십주• 옮긴 듯한 금오산 꼭대기
붉은 안개 걷히고 붉은 이내• 말려 바람 물결 고요하네
아 높이 올라 푸른 바다 바라보는 모습 그 어떠합니까

안축安軸 고려 말기의 학자(1287~1348년)로 호는 근재(謹齋)이다. 젊어서 원나라의 제과에 급제하였고, 충렬·충선·충숙 세 왕의 실록 편찬에 참여하였다. 충혜왕 때 강원도 존무사로 파견되었다. 경기체가로 「관동별곡」과 「죽계별곡」을, 저서로 『근재집』을 남겼다.

『근재집謹齋集』 안축의 시문집으로 경기체가 「관동별곡」과 「죽계별곡」을 비롯하여 시(詩), 전(傳), 묘지명(墓地銘) 등이 실려 있다.

병마영주兵馬營主 군(軍)을 거느린 관직의 일종

명사길鳴沙路 매우 곱고 깨끗한 모랫길

풍교風敎 풍화(風化)라고도 하며 교육과 정치의 힘으로 풍습을 잘 교화시키는 일

십주十洲 신선이 산다는 열 개의 섬

이내 남기(嵐氣)라고도 하며 해 질 무렵 멀리 보이는 푸르스름하고 흐릿한 기운

계수나무 노 화려한 배 미인의 노래 나부끼누나
아 차례차례 방문하는 모습 그 어떠합니까

총석정 금란굴 기암괴석
전도암 사선봉 푸른 이끼 낀 옛 비석
어여차 바위는 휘돌아 모양도 기이할사
아 사해천하•에 없습니다
옥비녀 꽂고 구슬신발 신은 많은 나그네•
아 또 오실 날이 어느 날입니까

삼일포 사선정 기이한 경관
미륵당 안상저 서른여섯 봉우리
밤 깊고 물결은 넘실한데 솔가지에 조각달
아 고운 모습과 나는 비슷하옵니다
술랑도가 바위에 새긴 여섯 자 붉은 글씨•
아 만고천추•에 오히려 분명하구나

선유담 영랑호 신청동 속
푸른 연잎 같은 모래톱 푸른 옥 같은 묏부리 흐릿한 기운 십 리
향내 아득하고 안개 부슬부슬 내리는 유리 같은 물결
아 배 띄우는 모습 그 어떠합니까
순채국•과 농어회 은실처럼 가늘고 눈같이 희게 썰었네
아 양젓은 그 무엇하리오•

설악 동쪽 낙산 서쪽 양양 풍경
강선정 상운정 남북으로 마주 섰네
붉은 봉황 붉은 난새* 탄 아름다운 신선
아 다투어 거문고 타는 모습 그 어떠합니까
고양의 술꾼들* 습욱의 연못가 집*
아 사철 놀아 봅시다

삼한 예의 천고 풍류 강릉 옛 고을
경포대 한송정 밝은 달 맑은 바람
해당화길 연꽃 핀 못 봄가을 좋은 시절
아 노닐며 감상하는 모습 어떠합니까
등불 밝힌 누각 위 새벽종 울린 후
아 해 돋는 모습 그 어떠합니까

사해천하四海天下 온 세상
구슬신발 신은 많은 나그네[珠履三千] 초(楚)나라 춘신군(春申君)이 조(趙)나라 평원군(平原君)에 지지 않기 위해 식객 삼천 명에게 주옥(珠玉)으로 신발을 장식하게 하였다.
술랑도가 바위에 새긴 여섯 자 붉은 글씨 삼일포 북쪽 벼랑에 '영랑도남석행(永郎徒南石行)'이란 여섯 글자가 새겨져 있다. 여기서 '술랑도'는 '영랑도'의 착오인 듯하다.
만고천추萬古千秋 한없이 오랜 세월
순채국 순채는 수련과의 여러해살이 물풀로 어린잎은 먹을 수 있다.
양젖은 그 무엇하리오 귀하다고 여기는 양젖으로 만든 음식도 순채국과 농어회에는 못 미친다는 의미이다.
난새 난조(鸞鳥)라고도 하며 봉황과 더불어 중국 전설에 나오는 상상의 새. 모양은 닭과 비슷하나 깃은 붉은빛에 다섯 가지 색채가 섞여 있으며, 소리는 오음(五音)과 같다고 한다.
고양의 술꾼들[高陽酒徒] 전한(前漢)의 역이기(酈耳其)가 유방(劉邦)의 휘하로 들어가기 위해 자신을 '고양의 술꾼'이라 일컬었다.
습욱의 연못가 집[習家池館] 진(晉)나라 습욱(習郁)의 집이 아름다운 연못가에 있었다.
주씨 진씨 함께 무릉의 풍물 대대로 전하듯[朱陳家世 武陵風物] 서주(西周)의 주씨(朱氏)와 진씨(陳氏)가 한 마을을 이루어 대대로 혼인하며 화목하게 지낸 고사에서 온 말이다.

오십천 죽서루 서촌 팔경

취운루 월송정 십 리 푸른 솔

옥피리 불고 가야금 타며 맑은 노래에 느릿한 춤

아 귀한 손님 맞고 보내는 모습 어떠합니까

망사정 위 푸른 물결 만 리

아 갈매기도 반가워라

강 십 리 절벽 천 층 거울같이 맑은 호수를 병풍 되어 둘러쳤네
풍암에 기대고 수혈에 임한 비룡산 꼭대기
좋은 술 기울이고 얼음 봉우리 오르니 유월의 맑은 바람
아 더위를 피하는 모습 그 어떠합니까
주씨 진씨 함께 무릉의 풍물 대대로 전하듯*
아 자손 대대로 전하는 모습 그 어떠합니까

교화敎化, 절경 속에서 다진 목민관의 자세

고려 말의 문인 안축이 충숙왕 15년(1328년)부터 이듬해까지 강원도 존무사로 나갔을 때 지은 경기체가이다. 전 9장으로 『근재집』에 실려 전하는데, 금강산을 위시한 관동의 절경을 통해 백성 교화의 책무를 노래하였다. 1장은 행차의 위용과 임무를, 2장 이후는 각 지역의 절경을 그려내었다. 2장은 학성(안변), 3장은 총석정(통천), 4장은 삼일포(고성), 5장은 영랑호(간성), 6장은 양양, 7장은 임영(강릉), 8장은 죽서루(삼척), 9장에서는 정선의 풍경과 풍속을 각각 읊었다. 본사부에는 한문구가 나열되었지만 후렴부 '위爲~' 구절에서는 곳곳에 이두식 표현이 쓰이기도 하였다.

첫 장은 전체의 서사 구실을 한다. 관동 행차의 벅찬 감회를 지리적 위세, 임금의 교화와 맞물리게 하여 잘 그려내었다. 나머지 여덟 장은 관동의 실경을 하나하나 들어 옛일과 교차시키며 목민관의 자세를 우회적으로 피력하였다. 단순히 기행의 사실적 묘사에 그치지 않았기 때문에 작품의 문학성을 끌어올렸다. 관동팔경을 구체적으로 열거하면서도 서정성과 교훈성이라는 두 마리 토끼를 놓치지 않았다. 하지만 인용한 전례典例와 고사故事가 중국 쪽에 치우친 것은 유감이다. 훗날 송강가사 「관동별곡」의 본보기가 되기도 하였으므로 두 시인의 시간을 뛰어넘은 관동 사랑을 견주어 보는 것도 흥미로운 일일 것이다.

海千重 山萬疊 關東別境 해천중 산만첩 관동별경
碧油幢 紅蓮幕 兵馬營主 벽유당 홍련막 병마영주
玉帶傾盖 黑槊紅旗 鳴沙路 옥대경개 흑삭홍기 명사로
爲 巡察景 幾何如 위 순찰경 기하여
朔方民物 慕義趍風 삭방민물 모의추풍
爲 王化中興景 幾何如 위 왕화중흥경 기하여

鶴城東 元帥臺 穿島國島 학성동 원수대 천도국도
轉三山 移十洲 金鼇頂上 전삼산 이십주 금오정상
收紫霧 卷紅嵐 風恬浪靜 수자무 권홍람 풍념랑정
爲 登望滄溟景 幾何如 위 등망창명경 기하여
桂棹蘭舟 紅粉歌吹 계도란주 홍분가취
爲 歷訪景 幾何如 위 역방경 기하여

叢石亭 金幱窟 奇巖怪石 총석정 금란굴 기암괴석
顚倒巖 四仙峯 蒼苔古碣 전도암 사선봉 창태고갈
我也足 石巖回 殊形異狀 아야족 석암회 수형이상
爲 四海天下 無豆舍叱多 위 사해천하 무두사질다
玉簪珠履 三千徒客 옥잠주리 삼천도객
爲 又來悉 何奴日是古 위 우래실 하노일시고

三日浦 四仙亭 奇觀異迹 삼일포 사선정 기관이적
彌勒堂 安祥渚 三十六峯 미륵당 안상저 삼십육봉
夜深深 波瀲瀲 松梢片月 야심심 파렴렴 송초편월
爲 古溫貌 我隱 伊西爲乎伊多 위 고온모 아은 이서위호이다
述郎徒矣 六字丹書 술랑도의 육자단서
爲 萬古千秋 尙分明 위 만고천추 상분명

仙遊潭 永郎湖 神淸洞裏 선유대 영랑호 신청동리
綠荷洲 靑瑤嶂 風烟十里 녹하주 청장잠 풍연십리
香冉冉 翠霏霏 琉璃水面 향염염 취비비 유리수면
爲 泛舟景 幾何如 위 범주경 기하여
蓴羹鱸膾 銀絲雪縷 순갱로회 은사설루
爲 羊酪 豈勿參爲里古 위 양락 기물삼위리고

雪嶽東 洛山西 襄陽風景 설악동 낙산서 양양풍경
降仙亭 祥雲亭 南北相望 강선정 상운정 남북상망
騎紫鳳 駕紅鸞 佳麗神仙 기자봉 가홍란 가려신선
爲 爭弄朱絃景 幾何如 위 쟁롱주현경 기하여
高陽酒徒 習家池館 고양주도 습가지관
爲 四節 遊伊沙伊多 위 사절 유이사이다

三韓禮義 千古風流 臨瀛古邑 삼한예의 천고풍류 임영고읍
鏡浦臺 寒松亭 明月淸風 경포대 한송정 명월청풍
海棠路 菡萏池 春秋佳節 해당로 함담지 춘추가절
爲 遊賞景 何如爲尼伊古 위 유상경 하여위니이고
燈明樓上 五更鍾後 등명루상 오경종후
爲 日出景 幾何如 위 일출경 기하여

五十川 竹西樓 西村八景 오십천 죽서루 서촌팔경
翠雲樓 越松亭 十里靑松 취운루 월송정 십리청송
吹玉篴 弄瑤琴 淸歌緩舞 취옥적 농요금 청가완무
爲 迎送佳賓景 何如 위 영송가빈경 하여
望槎亭上 滄波萬里 망사정상 창파만리
爲 鷗伊鳥 藩甲豆斜羅 위 구이조 번갑두사라

江十里 壁千層 屛圍鏡澈 강십리 벽천층 병위경철
倚風巖 臨水穴 飛龍頂上 의풍암 임수혈 비룡정상

傾綠蟻 聳氷峯 六月淸風 경록의 용빙봉 유월청풍

爲 避暑景 幾何如 위 피서경 기하여

朱陳家世 武陵風物 주진가세 무릉풍물

爲 傳子傳孫景 幾何如 위 전자전손경 기하여

죽계별곡 竹溪別曲

안축, 『근재집』

죽령 남쪽 안동 북쪽 소백산 앞
천년 흥망 한결 풍류 순흥성 안
다른 데 없는 취화봉• 왕의 태를 묻은 곳
아 중흥을 이룬 모습 그 어떠합니까
맑은 기풍 지닌 집안 두 니리•의 높은 벼슬
아 산 높고 물 맑은 모습 그 어떠합니까

숙수루 복전대 승림정자
초암동 욱금계 취원루 위
취한 듯 깬 듯 붉고 흰 꽃 피고 산비 속에
아 흥에 겨워 노니는 모습 그 어떠합니까
고양의 술꾼들 구슬신발 신은 많은 무리
아 손잡고 서로 좇는 모습 그 어떠합니까

빛 고운 봉황이 나는 듯 옥룡이 서린 듯 푸른 산 소나무 숲
지필봉 연묵지 갖춘 향교•
마음은 육경•에 두고 뜻은 천고•를 궁구하는 공자의 제자들
아 봄에 글 외고 여름에 거문고 타는 모습 그 어떠합니까
해마다 삼월이면 멀리서 오는 길에

아 왁자지껄 신임자 맞는 모습 그 어떠합니까

초산효 소운영* 동산 후원 좋은 시절
꽃은 난만히 님 위해 피고 버드나무 우거진 골짜기
바삐 다시 오기 기다려 홀로 난간에 기대니 새로운 꾀꼬리 울음소리 속
아 한 줄기 휘늘어진 푸른 가지 끊임없이 드리웠구나
천생 자태 뽐내 꽃망울 붉어질 때
아 천리 밖 님* 그리워 또 어찌하리

붉은 살구꽃 흩날리고 방초 무성한데 술동이 앞에는 긴긴 해
녹음은 짙푸르고 화려한 누각 그윽한데 거문고 위로 불어오는 훈풍
노란 국화 빨간 단풍 비단 수놓은 가을 산* 기러기 날아간 뒤에
아 눈 위로 달빛 비치는 모습 그 어떠합니까
중흥 이룬 성대 태평세월 길이 즐기며
아 사철 놀아 봅시다

취화봉 이곳에 고려 충렬 · 충숙 · 충목왕의 태를 묻었다.
두 나라 고려와 원을 일컫는다.
지필봉 연묵지 갖춘 향교 원문의 '저필봉(低筆峯)'은 '지필봉(紙筆峯)'의 오식(誤植)인 듯하다. 지필연묵(紙筆硯墨), 곧 종이 · 붓 · 벼루 · 먹의 문방사우를 향교와 연결 지어 표현하였다.
육경六經 『시경(詩經)』 · 『서경(書經)』 · 『역경(易經)』 삼경에 『춘추(春秋)』 · 『예기(禮記)』를 더한 오경이 있는데, 여기에 지금은 전하지 않는 『악경(樂經)』을 추가해 육경으로 일컫기도 한다.
천고千古 오랜 세월. 여기서는 '변함없는 진리'를 의미한다.
초산효 소운영楚山曉小雲英 꽃의 이름이거나 기생의 이름으로 추정된다.
천리 밖 님 작품 전체의 분위기, 특히 1장과 5장의 중흥(中興)을 미루어 생각하면 '님'은 임금이다.
가을 산 원문의 '춘산(春山)'은 문맥상 '추산(秋山)'을 잘못 표기한 것으로 여겨진다.

자긍自矜, 애향심愛鄕心에 이어진 연군지정戀君之情

안축이 지은 전 5장의 경기체가로, 고향 죽계(순흥)의 산수와 미풍을 기리며 감흥에 젖은 모습을 노래하였다. 신진사대부로서의 자연에 대한 긍지와 사랑을 임금의 교화에 곧바로 연결하고 있어, 작가의 일관된 세계 인식을 보여준다. 경기체가 작품의 보편적 주제와 크게 어긋나지 않는다. 여기서는 죽계의 전통, 명승과 흥취, 향교의 공부, 연군지정, 태평성대를 차례로 그렸다. 「관동별곡」과 마찬가지로 이두식 표현이 군데군데 섞여 있다.

1장은 서사로 천년 전통의 고장이자 왕의 태실胎室이 있는 작가의 고향, 죽계의 자부심을 나타내었다. 2장은 죽계의 명승과 그 속에서의 흥취를, 3장은 향교에서의 유학 공부를 자랑스럽게 그렸다. 4장은 절경 속에 임금님을 그리는 충절로 충신연주지사의 전통을 이었다. 5장은 봄 · 여름 · 가을 · 겨울 사철 풍류를 순차적으로 열거한 뒤 이를 왕화중흥王化中興으로 마무리함으로써 결사의 역할을 대신하였다. 고향 사랑과 나라 사랑이 한가지로 닿아 있음을 보여주는 '임금이 곧 나라'이던 시절의 작품이다.

竹嶺南 永嘉北 小白山前 죽령남 영가북 소백산전

千載興亡 一樣風流 順政城裏 천재흥망 일양풍류 순정성리

他代無隱 翠華峯 天子藏胎 타대무은 취화봉 천자장태

爲 釀作中興景 幾何如 위 양작중흥경 기하여

淸風杜閣 兩國頭御 청풍두각 양국두어

爲 山水淸高景 幾何如 위 산수청고경 기하여

宿水樓 福田臺 僧林亭子 숙수루 복전대 승림정자

草菴洞 郁錦溪 聚遠樓上 초암동 욱금계 취원루상

半醉半醒 紅白花開 山雨裏良 반취반성 홍백화개 산우리량

爲 遊興景 幾何如 위 유흥경 기하여

高陽酒徒 珠履三千 고양주도 주리삼천

爲 携手相從景 幾何如 위 휴수상종경 기하여

彩鳳飛 玉龍盤 碧山松麓 채봉비 옥룡반 벽산송록

低筆峯 硯墨池 齊隱鄕校 저필봉 연묵지 제은향교

心趣六經 志窮千古 夫子門徒 심취육경 지궁천고 부자문도

爲 春誦夏絃景 幾何如 위 춘송하현경 기하여

年年三月 長程路良 연년삼월 장정로량

爲 呵喝迎新景 幾何如 위 가갈영신경 기하여

楚山曉 小雲英 山苑佳節 초산효 소운영 산원가절

花爛慢 爲君開 柳陰谷 화란만 위군개 유음곡

忙待重來 獨倚欄干 新鶯聲裏 망대중래 독의난간 신앵성리

爲 一朶綠雲 垂未絶 위 일타녹운 수미절

天生絶艶 小紅時 천생절염 소홍시

爲 千里相思 又柰何 위 천리상사 우내하

紅杏紛紛 芳草萋萋 樽前永日 홍행분분 방초처처 준전영일

綠樹陰陰 畵閣沉沉 琴上薰風 녹수음음 화각침침 금상훈풍

黃國丹楓 錦繡春山 鴻飛後良 황국단풍 금수춘산 홍비후량

爲 雪月交光景 幾何如 위 설월교광경 기하여

中興聖代 長樂太平 중흥성대 장락태평

爲 四節 遊是沙伊多 위 사절유시사이다

상대별곡 霜臺別曲

권근•, 『악장가사』

화산• 남쪽 한강 북쪽 천년 명승지
광통교• 운종가• 건너 들어
휘늘어진 소나무 우뚝 솟은 잣나무 추상• 같은 위엄 서린 사헌부
아 오랜 세월 맑은 바람이 감도는 모습 그 어떠합니까
영웅호걸 뛰어난 인재 영웅호걸 뛰어난 인재
아 나까지 합쳐 몇 분입니까

닭은 이미 울고 새벽하늘 밝아오는 서울 도성 큰길
대사헌 나이 든 집의 장령 지평•
아름다운 학 무늬 가마 봉황 무늬 수레 타고 앞뒤 꾸짖어 막고 좌우 물리치며
아 사헌부로 등청하는 모습 그 어떠합니까
엄숙하구나 사헌부 관원 엄숙하구나 사헌부 관원
아 퇴폐한 기강 떨쳐 일으키는 모습 그 어떠합니까

각 방의 인사로 예를 마친 뒤 대청에 가지런히 앉아
도를 바로잡고 의를 밝히며 고금의 사례들을 참작하여
시정의 득실 민간의 이해에 관한 폐해를 조목조목 구제하니
아 문서로 올리는 모습 그 어떠합니까

임금은 현명하고 신하는 충직한 태평성대 임금은 현명하고 신하는 충직한 태평성대
아 충간• 따르기를 물 흐르듯 하는 모습 그 어떠합니까

회의 열어 공무 마친 방주•와 유사•
의관을 벗고 선생이라 부르며 섞어 앉아
진귀한 요리• 황금빛 단술 화려한 금속 잔•에 가득 부어
아 권하여 올리는 모습 그 어떠합니까
즐겁구나 선생 감찰 즐겁구나 선생 감찰
아 취한 모습 그 어떠합니까

초나라 굴원의 죽음을 건 충절•이 너는 좋으냐
후한 방덕공의 세상을 등진 은둔•이 너는 좋으냐

권근權近 고려 말 조선 초(1352~1409년)의 문신이자 학자로서 호는 양촌(陽村)이다. 하륜 등과 함께 『동국사략』을 편찬하였고, 경기체가 「상대별곡」과 저서 『양촌집』을 남겼다.
화산華山 삼각산, 곧 지금의 북한산
광통교廣通橋 종각의 남쪽, 모전교 아래에 놓인 청계천의 대표적인 다리
운종가雲鍾街 서울 복판의 종로 거리. 흔히 운종가(雲從街)라 한다.
추상秋霜 가을날의 찬 서리같이 서슬 퍼런 위엄을 비유한다.
대사헌大司憲 · 집의執義 · 장령掌令 · 지평持平 모두 사헌부(司憲府)의 벼슬 이름이다.
충간忠諫 충성된 마음으로 임금께 간언(諫言)하는 것
방주房主 사헌부의 우두머리인 방주감찰(房主監察)
유사有司 사헌부의 관리
진귀한 요리[烹龍炮鳳] 용을 삶고 봉황을 구운 것처럼 세상에 없는 진귀한 요리
화려한 금속 잔[鏤臺盞] 여러 가지 무늬를 아로새긴 쇠붙이 술잔
초나라 굴원의 죽음을 건 충절[楚澤醒吟] 초(楚)의 충신 굴원(屈原)이 모함을 입고 귀양 갔다. 그는 「어부사(漁父辭)」에서 '온 세상이 다 흐렸으나 나만 홀로 맑아 있고, 뭇사람이 다 취하였으나 나만 홀로 깨어 있네'라 읊은 후 멱라수(汨羅水)에 몸을 던져 죽었는데 이를 빗댄 표현이다.
후한 방덕공의 세상을 등진 은둔[鹿門長往] 후한(後漢)의 방덕공(龐德公)이 벼슬하지 않고 약초를 캐러 녹문산(鹿門山)에 들어가 돌아오지 않음을 빗댄 것이다. 훗날 당(唐)의 시인 맹호연(孟浩然)도 녹문산에 은거하여 시를 지었는데 「밤중에 녹문산으로 돌아가며」라는 시에서 위 일화를 인용하였다.

밝은 임금 어진 신하 서로 만난 태평성대•에

훌륭한 인재들의 모임•이야말로 나는 좋습니다

태평성대[河淸盛代] 황하(黃河)가 천년에 한 번 맑아지면 성군이 나타난다는 데서 따온 말이다.

훌륭한 인재들의 모임[驄馬會集] 청총마(靑驄馬)는 푸른색과 흰색 털이 섞여 있는 준마인데 이를 타고 사헌부에 인재가 모여든 것을 비유한 표현이다.

송도頌禱, 새 왕조의 정통성과 기상 찬양

조선 초 권근이 지은 경기체가로 총 5장으로 이루어졌다. 송도를 목적으로 하여 주로 궁중의 연향宴享에서 불린 노래이다. 그래서 목적상으로는 왕실을 찬양한 악장문학이다. 상대霜臺는 사헌부를 가리킨다. 작가는 실제로 대사헌을 맡았던 인물로 사헌부에서 하는 일을 칭송하고자 이 노래를 지었다. 사헌부는 새 왕조의 기강을 바로잡는 기관으로, 노래에서는 감찰 임무를 맡은 관원들의 자부심을 잘 드러내었다. 4장까지는 경기체가의 형식을 따랐으나 마지막 5장은 그 형식에서 벗어났다.

1장에서는 한양이 천년승지임을 알리고 사헌부의 위엄을 노래하였다. 2장에서는 관원들의 행차 모습에서 엄숙하고 믿음직한 기상을 그렸다. 3장에서는 현명한 임금과 충직한 신하가 만드는 태평성대를 기렸다. 4장에서는 업무 후 술 잔치에서 즐기는 장면을 흥겹게 노래하였다. 5장에서는 죽음이라는 방법으로 항변하는 것이나 세속으로부터 도피하는 모습을 비판함으로써 긍정적 충절을 강조하고, 뛰어난 인재들이 모인 사헌부의 긍지를 반복해 강조하였다. 새로운 조선왕조에 정당성을 더해줌으로써 소기의 목적을 달성한 작품이다.

華山南 漢水北 千年勝地 화산남 한수북 천년승지
廣通橋 雲鍾街 광통교 운종가 건나 드러
落落長松 亭亭古栢 秋霜烏府 낙락장송 정정고백 추상오부
위 萬古淸風만고청풍ㅅ 景경 긔 엇더ᄒᆞ니잇고
(葉) 英雄豪傑 一時人才 영웅호걸 일시인재 英雄豪傑 一時人才 영웅호걸 일시인재
위 날조차 몃 분니잇고

雞旣鳴 天欲曉 紫陌長堤 계기 천욕효 자맥장제
大司憲 老執義 臺長御使 대사헌 노집의 대장어사
駕鶴驂鸞 前呵後擁 辟除左右 가학참란 전가후옹 벽제좌우
위 霜臺상대ㅅ 景경 긔 엇더ᄒᆞ니잇고
(葉) 싀싀ᄒᆞᆫ뎌 風憲所司풍헌소사 싀싀ᄒᆞᆫ뎌 風憲所司풍헌소사
위 振起頹綱진기퇴강ㅅ 景경 긔 엇더ᄒᆞ니잇고

各房拜 禮畢後 大廳齊坐 각방배 예필후 대청제좌
正其道 明其義 參酌古今 정기도 명기의 참작고금
時政得失 民間利害 救弊條條 시정득실 민간이해 구폐조조
위 狀上장상ㅅ 景경 긔 엇더ᄒᆞ니잇고
(葉) 君明臣直 大平盛代 군명신직 대평성대 君明臣直 大平盛代 군명신직 대평성대
위 從諫如流종간여류ㅅ 景경 긔 엇더ᄒᆞ니잇고

圓議後 公事畢 房主有司 원의후 공사필 방주유사
脫衣冠 呼先生 탈의관 호선생 섯거 안자
烹龍炮鳳 黃金醴酒 滿鏤臺盞 팽룡포봉 황금예주 만루대잔
위 勸上권상ㅅ 景경 긔 엇더ᄒᆞ니잇고
(葉) 즐거온뎌 先生監察선생감찰 즐거온뎌 先生監察선생감찰
위 醉취ᄒᆞᆫ 景경 긔 엇더ᄒᆞ니잇고

楚澤醒吟초택성음이아 녀는 됴ᄒᆞ녀

鹿門長往녹문장왕이아 녀는 됴ᄒᆞ녀

明良相遇 河淸盛代 명량상우 하청성대예

驄馬會集총마회집이아 난 됴ᄒᆞ이다

독락팔곡 獨樂八曲

권호문•, 『송암집』

태평성대 시골에 은거하는 백성
구름 덮인 산기슭에 밭 갈고 안개 낀 강가에 낚시 드리우니 이밖에
일이 없다
궁하고 통함이 하늘에 달렸으니 빈천을 시름하랴
한림원 높은 벼슬• 내 원하는 바 아니로다
자연이 천수 누릴 곳이요 초가집이 봄맞이 누대로다
어사와 어사와 천지를 둘러보고 만물을 관조하여
편안히 옷깃 풀고 홀로 술 마시며 무람없이 긴 휘파람 부는 모습•
그 어떠합니까

초가삼간 너무 좁아 겨우 무릎 들이는데 고고한 한 사람
가야금과 책 벗 삼고 소나무 대나무로 울타리 삼았으니
넉넉잖은 살림살이와 욕심 버린 마음가짐에 세속의 잡념 어디서 나리
수시로 저녁노을 맑아 갈대꽃 기슭 붉게 물들이고
희뿌연 내 바람에 실려 버드나무 나부끼거든
낚싯대 비껴 안고 세상일 잊고 갈매기 벗하는 모습 그 어떠합니까

선비란 무엇을 일삼는고 무릇 뜻을 숭상할 뿐이로다
과거급제의 명예는 내 뜻 손상시키고 이익과 영달은 덕을 해치는지라

모름지기 책 가운데 성현을 뫼시옵고
언어와 정신 밤낮으로 기르고 닦아
이 한 몸 바르게 되면 어디인들 못 가리오
크고 넓은 뜻 두루 잘 살펴 마음의 오고 감이 크고 넓어지니
갈 길을 알아 뜻을 세우지 아니하랴
만 길 낭떠러지 벽이 되어 막아서도 통달한 마음 변하지 않으니
활달한 마음으로 옛 성현을 벗 삼는 모습 그 어떠합니까

산에 들면 깊지 않을까 두렵고 숲에 들면 빽빽하지 않을까 두려워
한가한 들판 적막한 물가에 살 만한 곳을 정하니
벼슬 않은 이의 의관이 물고기와 새 외에 벗이 없다
봄 들판에 비가 개고 온 나무에 꽃 진 뒤에
명아주 지팡이 짚고 십 리 거리 시내 꼭대기까지 한가로이 오가는 뜻은
증점과 정명도의 풍류 즐김• 도 이렇던가 어떻던고
따스한 볕 맑고 밝은 바람 불거니 밝거니 하여 흥이 내 앞에 가득하니
유연한 마음이 천지만물과 더불어 상하 함께 흘러가는 모습 그 어떠합

권호문權好文 조선 선조 때(1532~1587년)의 학자로서 호는 송암이다. 이황의 문인으로 청성산에 들어가 책 읽고 시 지으며 일생을 보냈다. 경기체가 「독락팔곡」과 시조 「한거십팔곡」을 남겼고, 저서로 『송암집』이 있다.

한림원 높은 벼슬[玉堂金馬] 한나라의 금마문(金馬門) 옥당전(玉堂殿)은 선비가 출사(出仕)하는 관아(官衙)인데 후세에 한림원(翰林院)을 일컫는 이름이 되었다.

편안히 옷깃 풀고 홀로 술 마시며 무람없이 긴 휘파람 부는 모습[岸幘長嘯] 안책(岸幘)은 두건을 비스듬히 치올려 쓰고 이마를 드러낸다는 뜻이며, 장소(長嘯)는 휘파람을 길게 부는 것을 말한다. 곧 상대를 의식하지 않아 예의를 지키지 않고 삼가고 조심하는 것이 없는 모습을 이른다.

증점과 정명도의 풍류 즐김 증점(曾點)은 공자의 제자 증석(曾晳)인데, 공자의 질문에 "기수(沂水)에서 몸을 씻고 기우제 터에서 바람을 쐬고서 시를 읊으며 돌아오겠다"고 답하여 인정을 받았다. 정명도(程明道)는 송나라 양명학의 원류인 정호(程顥)를 말하는데, 그가 쓴 칠언절구 가운데 '꽃을 찾고 버들을 따라 시냇물을 건너간다'는 시구가 있다.

니까

집은 범래무처럼 소박하고 길은 장원경처럼 세상을 멀리하도다•
한 백 년 덧없는 인생 이렇다 어떠하리
진실로 은거하여 뜻을 구하고 한 번 죽어 영영 돌아오지 않으면
수레며 관 모두 쓸모없는 진흙 길이요 경건한 솥과 종도 흙먼지일 뿐이라•
천 번 갈아낸 시퍼런 칼날인들 이 뜻을 끊으랴
한유의 세 번 상서•는 나의 뜻에 구구하고
두보의 삼대예부•를 내 끝내 따라하랴
두어라 그들은 작위로써 나는 의로써 행하니 세상의 벼슬•을 원치 않으매
세상만사가 모두 천명에 달려 있는 모습 그 어떠합니까

임금의 거처는 깊은 구중궁궐이고 민간 백성과는 만 리로 막혔으니
십 년 마음먹은 일들을 어떻게 다 임금께 아뢰리오
몇 가지 기발한 책략 초한• 지가 오래로다
임금께 충성하고 백성에게 은택을 베풂은 나의 재능 아니던가
경서 깊이 파고 도 배우기를 뜻 두고 이리하랴
차라리 책 읽고 학문에 힘쓰는 은거지에서 세상을 피해 고민 없으매
나를 따르는 벗님네 뫼시옵고
장서 가득한 창가•에서 경서 손에 쥐고 끝까지 읽는 모습 그 어떠합니까

병풍 하나에 평상 하나 왼쪽에 잠언 오른쪽에 좌우명
신의 눈으로 볼 제는 번갯불 같은지라 어두운 방이라고 어찌 마음을 속이며
하늘이 들을 제는 천둥소리 같은지라 사사로운 말이라 한들 어찌 망발하랴

경계하고 삼가며 두려워함을 숨어 작은 곳에서도 잊지 마세
앉을 때는 시동 씨같이* 태도는 생각하듯 의젓하며 종일 노력하고 저녁에는 조심하는 뜻은
마음을 높이 섬기고 밖으로부터 오는 누를 물리쳐 없애
온몸이 영을 좇아 오상*을 싫어함이 없게 하여
평안하게 세상 다스리는 일 다 이루려 하였더니
때가 아닌지 운명이 아닌지 끝내 성공치 못하고 세월은 나와 더불어 기다려주지 않으니
흰머리 늙은이로 은둔처에서 할 일이 다시없다
우습다 산 남쪽 물 북쪽에 내 발자취 거두고 감추어
한평생 한가로이 늙어가는 모습 그 어떠합니까

집은 범래무처럼 소박하고 길은 장원경처럼 세상을 멀리하도다 벼슬을 멀리하고 청빈한 삶을 추구함을 표현한 대목이다. 후한(後漢) 때 범래무(范萊蕪)는 벼슬을 마다하고 가난하지만 태평한 삶을 누렸다. 전한(前漢) 때 장원경(蔣元卿)은 벼슬을 물리치고 고향에 돌아와 뜰의 꽃과 대나무 아래에다 세 갈래 좁은 길을 내고 구중(求仲), 양중(羊仲) 두 벗과 더불어 은거하였다. 원문의 '봉호(蓬蒿)'는 쑥을 이른다.

수레며 관 모두 쓸모없는 진흙길이요 경건한 솥과 종도 흙먼지일 뿐이라 원문의 '헌면(軒冕)'은 고관대작이 타던 수레와 면류관을, 또 '정종(鼎鐘)'은 사람의 공적을 새겨 종묘에 비치하던 솥과 종을 일컫는다.

한유의 세 번 상서 당(唐) 한유(韓愈)는 세 번 상서를 올렸으나 그때마다 귀양을 갔다.

두보의 삼대예부 당(唐) 두보(杜甫)가 삼대예부(三大禮賦)를 조정에 바쳐 드디어 벼슬길이 열렸다.

세상의 벼슬[人之文繡] 사람들이 입는 수놓은 옷이니, 곧 세상의 벼슬을 뜻한다.

초草한 초안을 잡아 기록한

장서 가득한 창가[綠籤山窓] 사서고(史書庫)의 녹아첨(綠牙籤)을 표지로 한, 장서가 가득한 창을 뜻한다. 녹아첨은 장서의 구분을 쉽게 하기 위한 표지로, 상아로 만든 여러 가지 색깔의 패이다.

앉을 때는 시동 씨같이 『예기』 곡례(曲禮) 편에 '앉는 것은 시동 씨(尸童氏)처럼 하고 서는 것은 재계할 때처럼 한다'는 구절에서 나온 말이다.

오상五常 오륜(五倫)이라고도 한다. 아버지는 의리로, 어머니는 자애로, 형은 우애로, 아우는 공경으로, 자식은 효도로 대해야 하는 마땅한 길이다.

지락至樂, 출사出仕와 안빈낙도安貧樂道 사이

조선 중기 권호문이 지은 경기체가로 모두 7장으로 이루어졌다. 작가는 벼슬길에 나아가지 않고 자연에 파묻혀 빈부귀천貧富貴賤을 하늘의 뜻이라 여기며 살았다. 작품 또한 자연에 묻혀 사는 즐거움과 학문 수양의 자세를 노래함으로써 안빈낙도의 이상을 노래하였다. 경기체가 소멸기의 작품으로 경기체가의 전형적 양식에서 많이 벗어나 있다. 전대절과 후소절이 구분되지 않고, 각 행은 3음보가 아닌 4음보 중심으로 짜여 있다.

1장은 서사로 벼슬에 뜻을 버리고 유유자적하는 모습을 그려내었다. 2장은 자연 속 물아일체物我一體의 경지를, 3장은 흔들림 없는 학문 수양의 자세를, 4장은 자연과 함께 하는 풍류의 즐거움을 그려내었다. 5장은 공명을 멀리하는 작가의 각오를 다시 밝히고, 6장에서는 출사에의 갈등 끝에 학문의 자세로 돌아오고 있다. 마지막 7장에서도 출세出世와 은둔隱遁 사이에 흔들리는 모습을 드러내었다.

이 작품의 서문에서 작가는 "고인이 말하기를 노래라 하는 것은 흔히 시름에서 나오는 것이라 하였듯이 이 노래 또한 나의 불평에서 나온 것이다. 그러니 한편 주자의 말처럼 노래함으로써 뜻을 펴고 성정을 기르겠다"고 창작 동기를 밝혔다. 작품 전편에서 강호자연에 묻혀 홀로 지내는 즐거움을 노래하였지만, 그 이면에서는 자신의 뜻을 제대로 펴보지 못한 소외감도 함께 드러내었음을 고백한 것이다. 이상과 현실 사이에서 갈등하는 선비의 한 자락을 엿볼 수 있다. 하지만 어찌 작가만의 고민이었으랴. 나아감과 물러남은 어느 시기를 막론하고 지식인 누구나의 고뇌인 것을.

太平聖代 田野逸民 [태평성대 전야일민] (再唱)
耕雲麓 釣烟江 [경운록 조연강]이 이밧긔 일이 업다
窮通[궁통]이 在天[재천]ᄒᆞ니 貧賤[빈천]을 시름ᄒᆞ랴
玉堂金馬[옥당금마]는 내의 願[원]이 아니로다
泉石[천석]이 壽域[수역]이오 草屋[초옥]이 春臺[춘대]라
於斯臥 於斯眠 俯仰宇宙 流觀品物 [어사와 어사면 부앙우주 유관품물]ᄒᆞ야
居居然 浩浩然 開襟獨酌 岸幘長嘯 [거거연 호호연 개금독작 안책장소] 景[경] 긔 엇다ᄒᆞ니잇고

草屋三間 容膝裏 昂昂 一閒人 [초옥삼간 용슬리 앙앙 일한인] (再唱)
琴書[금서]를 벗을 삼고 松竹[송죽]으로 울을 ᄒᆞ니
翛翛生事[소소생사]와 淡淡襟懷[담담금회]예 塵念[진념]이 어ᄃᆡ 나리
時時[시시]예 落照趁淸 蘆花岸紅 [낙조진청 노화안홍]ᄒᆞ고
殘烟帶風 楊柳飛 [잔연대풍 양류비]ᄒᆞ거든
一竿竹[일죽간] 빗기 안고 忘機伴鷗[망기반구] 景[경] 긔 엇다ᄒᆞ니잇고

士何事乎 尙志而已 [사하사호 상지이이] (再唱)
科名損志[과명손지]ᄒᆞ고 利達害德[이달해덕]이라
모ᄅᆞ미 黃券中 聖賢 [황권중 성현]을 뫼압고
言語精神 日夜 [언어정신 일야]애 頤養[이양]ᄒᆞ야
一身[일신]이 正[정]ᄒᆞ면 어ᄃᆡ러로 못 가리오
俯仰恢恢[부앙회회]ᄒᆞ고 往來平平[왕래평평]ᄒᆞ니
갈 길ᄅᆞᆯ 알오 立志[입지]를 아니ᄒᆞ랴
壁立萬仞 磊落不變 [벽립만인 뇌락불변]ᄒᆞ야
嘐嘐然 尙友千古 [교교연 상우천고] 景[경] 긔 엇다 ᄒᆞ니잇고

入山 恐不深 入林 恐不密 [입산 공불심 입림 공불밀]
觀閒之野 寂寞之濱 [관한지야 적막지빈]에 卜居[복거]를 定[정]ᄒᆞ니
野服黃冠[야복황관]이 魚鳥外[어조외] 버디 업다

芳郊[방교]애 雨晴[우청]하고 萬樹[만수]애 花落後[화락후]에
靑藜杖[청려장] 뷔집고 十里溪頭[십리계두]애 閒往閒來[한왕한래] ᄒᆞᄂᆞᆫ ᄠᅳ든
曾點氏 浴沂風雩 [증점씨 욕기풍우]와 程明道 傍花隨柳 [정명도 방화수류]도 이러턴가 엇다턴고
暖日光風[난일광풍]이 불써니 뵐거니 興滿前[흥만전]ᄒᆞ니
悠然胸次[유연흉차]ㅣ 與天地萬物 上下同流[여천지만물 상하동류] 景[경] 긔 엇다ᄒᆞ니잇고

집은 范萊蕪[범래무]의 蓬蒿[봉호]ㅣ오 길은 蔣元卿[장원경]의 花竹[화죽]이로다
百年浮生[백년부생] 이러타 엇다ᄒᆞ리
진실로 隱居求志[은거구지]ᄒᆞ고 長往不返[장왕불반]ᄒᆞ면
軒冕[헌면]이 泥塗[이도]ㅣ오 鼎鐘[정종]이 塵土[진토]ㅣ라
千磨霜刃[천마상인]인돌 이 ᄠᅳ들 긋츠리랴
韓昌黎 三上書 [한창려 삼상서]ᄂᆞᆫ 내의 ᄠᅳ데 區區[구구]ᄒᆞ고
杜子美 三大賦 [두자미 삼대부]ㅣ 내 ᄯᅩᆼ내 行道[행도]ᄒᆞ랴
두어라 彼以爵 我以義 不願人之文繡 [피이작 아이의 불원인지문수]ᄒᆞ야
世間萬事 都付天命 [세간만사 도부천명] 景[경] 긔 엇다ᄒᆞ니잇고

君門深九重[군문심구중]ᄒᆞ고 草澤隔萬里[초택격만리]ᄒᆞ니
十載心事[십재심사]를 어이ᄒᆞ야 上達[상달]ᄒᆞ료
數封奇策[수봉기책]이 草[초]하얀디 오래거다
致君澤民[치군택민]은 내의 才分[재분] 아니런가
窮經學道[궁경학도]를 ᄠᅳᆮ 두고 이리ᄒᆞ랴
출하리 藏修丘壑 遯世無悶 [장수구학 돈세무민]ᄒᆞ야
날 조츤 번님네 뫼옵고
綠籤山窓[녹첨산창]의 共把遺經 究終始 [공파유경 구종시] 景[경] 긔 엇다ᄒᆞ니잇고

一屛一榻 左箴右銘 [일병일탑 좌잠우명] (再唱)
神目如電[신목여전]이라 暗室[암실]을 欺心[기심]ᄒᆞ며
天聽如雷[천청여뢰]라 私語[사어]ᄂᆡᆫ들 妄發[망발]ᄒᆞ랴
戒愼恐懼[계신공구]를 隱微間[은미간]애 닛디 마새
坐如尸 儼若思 終日乾乾 夕惕若 [좌여시 엄약사 종일건건 석척약] ᄒᆞᄂᆞᆫ ᄠᅳ든

尊事天君존사천군ᄒᆞ고 攘除外累양제외루ᄒᆞ야
百體從令 五常不斁 백체종령 오상불역ᄒᆞ야
治平事業치평사업을 다 이루려 ᄒᆞ였더니
時也命也시야명야인디 汔無成功 歲不我與 흘무성공 세불아여ᄒᆞ니
白首林泉백수임천의 ᄒᆞ올 일이 다시 업다
우읍다 山之南 水之北 산지남 수지북애 斂藏蹤跡염장종적ᄒᆞ야
百年閒老백년한로 景경 긔 엇다ᄒᆞ니잇고

소악부

장암 長巖

이제현*, 『익재난고』*

구구 우는 참새야 너 무엇 하다가
그물에 걸린 어린 새끼 되었구나
눈알은 원래 어디에다 쓰려는지
가련토다 그물에 걸린 어리석은 새끼참새

拘拘有雀爾奚爲 구구유작이해위
觸着網羅黃口兒 촉착망라황구아
眼孔元來在何許 안공원래재하허
可憐觸網雀兒癡 가련촉망작아치

고려 시대에 불린 우리말 노래이지만, 본디 노랫말은 전하지 않고 이제현의 『익재난고』「소악부」에 그 의미가 한역되어 전한다. 『고려사』「악지」에는 노래의 유래와 이제현의 한역시가 같이 실려 있다. 아래 익재의 소악부 대개가 그러하다.

평장사 두영철이 장암으로 귀양 갔을 때 한 노인과 친하게 지냈는데, 노인은 그에게 더 이상 영달榮達을 구하지 말라고 충고를 하였다. 그러나 두영철은 다시 벼슬에 나갔다가 죄를 지어 또 그곳을 지나게 되었고, 노인은 이 노래를 지어 그를 나무랐다. 벼슬을 좇다 거푸 죄를 입은 두영철을 그물에 걸린 참새에 비유하여 인간의 탐욕을 꾸짖은 것이다. 불길에 뛰어드는 부나방의 신세임을 뻔히 알면서도 권력을 탐하는 것이 인간이다. 그 유혹을 무덤덤하게 지나칠 수 있는 자, 예나 지금이나 절반은 성인聖人이겠다.

이제현李齊賢 고려 후기의 문신 · 학자(1287~1367년)로서 호는 역옹(櫟翁) · 익재(益齋)이다. 벼슬이 문하시중에 이르렀으며 왕명을 받아 실록을 편찬하였다. 당시의 민간 가요 11수를 한역한 악부시를 「소악부」에 남겼다. 저서로 『익재난고』와 『역옹패설』을 묶은 『익재집』이 전한다.

『익재난고益齋亂藁』 이제현의 시문집. 특히 제4권에 실린 「소악부」는 고려 시대의 가요를 악부체로 번역한 것으로 국문학상 귀중한 자료이다.

거사련 居士戀

『익재난고』

까치는 울타리 가 꽃가지에서 깍깍 울고
거미는 상머리에 긴 줄 늘이네
고운 님 머지않아 돌아오시려나
마음이 먼저 내게 알려주누나

鵲兒籬際噪花枝 작아리제조화지
蟢子床頭引網絲 희자상두인망사
余美歸來應未遠 여미귀래응미원
精神早已報人知 정신조이보인지

멀리 부역 나간 사람의 아내가 이 노래를 지었는데, 까치와 거미에 붙여 남편이 빨리 돌아오기를 바라는 내용을 담고 있다. 까치의 울음소리나 거미가 줄을 늘어뜨리고 내려오는 것이 반가운 소식을 전해준다는 민속에 기대어, 님 기다리는 여인의 심정을 그려내었다. 참 예쁜 노래, 그 얼마나 애틋한가. 이 간절한 그리움이 님의 마음에 전해질 수만 있다면 몸은 벌써 동구 밖에 와 있으련만.

제위보 濟危寶

『익재난고』

비단 빨던 시냇가 수양버들 옆
손잡고 마음 속삭이던 백마 탄 님
처마에 이어지는 석 달 장맛비라도
손끝에 남은 향기 차마 어찌 씻어내리

浣沙溪上傍垂楊 완사계상방수양
執手論心白馬郎 집수론심백마랑
縱有連簷三月雨 종유련첨삼월우
指頭何忍洗餘香 지두하인세여향

『고려사』「악지」의 해설은 이렇다.

어떤 부녀자가 죄를 범하고 그 벌로 제위보에서 일하게 되었다. 그러던 중 어떤 사람에게 손을 잡혔는데 그 수치를 씻을 길이 없었으므로 이 노래를 지어 스스로를 원망하였다.

그런데 이어 실린 이제현의 한역시는 그 정황이 전혀 다르다. '손잡고 속삭이던 백마 탄 님'이나 '손끝에 남은 향기'라는 노래 구절에서 수치나 원망의 심정을 찾기 어렵기 때문이다. 오히려 가슴 두근거림과 설렘의 분위기가 가득하니, 정작 노래의 내용은 낭만적 연애에 가깝다.

따라서 이 노래는 예의 남녀상열지사로 볼 수 있다. 하지만 훗날 『고려사』를 편찬한 조선의 유학자들이 의도적으로 '여인의 정절'에 맞춰 그 창작 동기를 왜곡하였다. 고려 때 자유연애의 한 단면을 예쁘게 그린 노래인데, 그 실상을 거북해하는 성리학자의 손에 의해 엉뚱하게 도덕의 분칠을 뒤집어쓴 것이다. 하지만 무리하게 목적을 앞세운 해설이 민중에게 널리 퍼진 노래의 실체까지 건드리지는 못했다. 팩트를 이길 수 있는 이데올로기는 세상 어디에도 없지 않은가.

사리화 沙里花

『익재난고』

참새는 어디서 오가며 나는가
한 해 농사는 아랑곳 않고
늙은 홀아비 홀로 갈고 맸는데
밭 가운데 벼와 기장 다 먹어 치우네

黃雀何方來去飛 황작하방래거비
一年農事不曾知 일년농사부증지
鰥翁獨自耕耘了 환옹독자경운료
耗盡田中禾黍爲 모진전중화서위

세금이 무겁고 권력자들의 수탈이 심하여 백성들은 곤궁에 빠지고 재물에 손상을 입었다. 이에 참새가 농부들이 힘들여 수확한 곡식을 쪼아 먹는 얄미운 짓에 비유하여, 이 노래를 지어 원망하였다. 탐관오리의 가렴주구苛斂誅求로 인해 도탄에 빠진 민중의 현실을 풍자한 것이다. 공자도 "가혹한 정치는 호랑이보다 무섭다" 하여 백성을 먼저 돌보는 정치를 강조하였다. 공자의 시대에서 천여 년 흐른 노래의 현장, 다시 그로부터 천 년 가까이 지난 지금. 민중의 눈에 비친 관리는 여전히 참새 아니면 호랑이일 뿐이다.

소년행 少年行

『익재난고』

봄옷 벗어 한쪽 어깨에 걸치고
벗을 불러 채마밭에 들어가
이리저리 내달리며 나비 쫓던 일
어제 즐겨 놀았던 듯 오히려 완연하네

脫却春衣掛一肩 탈각춘의괘일견
呼朋去入菜花田 호붕거입채화전
東馳西走追蝴蝶 동치서주추호접
昨日嬉遊尙宛然 작일희유상완연

제목 없이 당시에 유행하던 노래를 이제현이 「소악부」에 한역하여 남겼다. 어렸을 적 봄꽃이 만발한 채마밭에 들어가 동무들과 호랑나비 잡으며 즐겁게 놀던 일을 회상하며 천진난만한 그 시절 모습을 손에 잡힐 듯 그려 낸 작품이다. 추억은 늘 아름답고 소중한데 그 세월이 세상살이의 고뇌를 마주하기 전인 소년 시절이니 울림이 더할 수밖에 없다. 지난날의 아름다운 추억을 모티프로 삼아 '소년행'이라 제목을 삼았다.

처용 處容

『익재난고』

신라 옛적 처용 늙은이
푸른 바다로부터 왔다고 말하네
조개 이빨 붉은 입술로 달밤에 노래하고
솔개 어깨 자주빛 소매로 봄바람에 춤추누나

新羅昔日處容翁 신라석일처용옹
見說來從碧海中 견설래종벽해중
貝齒赬脣歌夜月 패치정순가야월
鳶肩紫袖舞春風 연견자수무춘풍

신라 헌강왕이 학성에서 놀다가 개운포까지 돌아왔을 때 홀연 기이한 생김과 차림을 한 사람이 있어 왕 앞에서 노래와 춤으로 그 덕을 찬양했다. 왕을 따라 서울로 들어갔는데 스스로 처용이라 일컬었다. 매번 달밤에 거리에서 춤과 노래를 불렀는데 마침내 간 곳을 알지 못하였다. 당시 사람들이 신인神人이라 여겼으며, 후세 사람들이 신기하게 여겨 이 노래를 지었다.

위의 글은 『고려사』「악지」의 해설이다. 이제현은 신라 향가나 고려 속요의 내용을 옮기지 않고 『삼국유사』 설화 내용 중 처용의 유래와 생김새 및 가무 부분을 취하여 한역하였다. 용모가 신비롭고 노래와 춤이 뛰어남을 맞물려 말하면서, 적절한 비유와 대구를 사용하였다. 한편 시적 모티프로서 처용은 익재에서 뿐만 아니라, 신라는 물론 고려 · 조선을 거쳐 현대에 이르기까지 끊임없이 변용되어 왔다. 시대를 초월하여 우리 일상 깊숙이 자리한, 매력 있는 아이콘인 까닭이다. 속요 「처용가」와 무가 「잡처용」을 함께 감상하면 도움이 된다.

오관산 五冠山

『익재난고』

나무토막으로 조그마한 당닭을 새겨
젓가락으로 집어 벽 위에 앉히고
이 새가 꼬끼오 하고 때를 알리면
어머님 얼굴 비로소 서산에 지는 해 같으리

木頭雕作小唐鷄 목두조작소당계
筯子拈來壁上棲 저자념래벽상서
此鳥膠膠報時節 차조교교보시절
慈顔始似日平西 자안시사일평서

『고려사』「악지」에는 "문충은 오관산 아래 살면서 어머니께 지극히 효도하였다. 그 집이 개성에서 삼십 리나 되었지만 아침에 조정에 나오고 저녁에 집으로 돌아가 봉양을 조금도 게을리 하지 않았다. 그 어머니의 늙음을 탄식하여 이 노래를 지었다"라는 해설이 있다. 문충은 대단한 효자였으며 그의 실제 행적과 노래의 주제가 이 점에서 일치한다. 일명 「목계가木鷄歌」라 한다.

작가의 지극한 효심은 '나무 닭의 울음'에서 최고조에 이른다. 나무 닭이 '꼬끼오' 하고 울 때라야 어머님이 서산에 지는 해처럼 기울라 했으니, 이런 상황이 실현될 리 없다. 실현될 수 없는 가정의 설정은 곧 닥쳐올 현실을 피하고 싶은 마음의 역설적인 표현이다. 이런 비유는 속요 「정석가」에도 보인다. 나무 닭을 새긴 작가의 의식은 어머니와의 사별을 맞닥뜨리고 싶지 않은 절박한 심정, 곧 효심 그 자체이다.

서경 西京

『익재난고』

바위에 구슬이 떨어진다 한들
구슬 끈이야 끊어지지 않으리라
님과 천년을 서로 헤어져 있어도
일편단심이야 어찌 변함 있으리

縱然巖石落珠璣 종연암석락주기
纓縷固應無斷時 영루고응무단시
與郎千載相離別 여랑천재상리별
一點丹心何改移 일점단심하개이

구슬이 바위에 떨어져 깨진다 해도 끈은 끊어지지 않듯이, 님을 향한 내 마음도 변치 않겠다는 노래이다. 「서경별곡」과 「정석가」에 똑같은 구절이 있는 것을 보면 당시 널리 유행했던 구절로 보인다. 여기서 제목을 취했다. '몸은 비록 헤어져 있어도 마음만은 영원하다'는 식의 사랑다짐은 예나 지금이나 간절하다. 구슬과 끈의 비유는 또 얼마나 절묘한가. 이 사랑 어긋남 없기를 바라는 마음, 괜한 조바심을 안으면서도 그저 응원할 뿐이다.

정과정 鄭瓜亭

『익재난고』

날마다 님 생각에 울며 옷깃 적시니
내 신세 봄 산에 우는 두견새 같구나
옳거니 그르거니 사람들아 묻지 마오
새벽달과 별만은 응당 알 것이로다

憶君無日不霑衣 억군무일부점의
政似春山蜀子規 정사춘산촉자규
爲是爲非人莫問 위시위비인막문
只應殘月曉星知 지응잔월효성지

내시랑중 정서는 외척으로 인종의 사랑을 받았다. 그 후 의종이 즉위하여, 정서를 동래로 귀양 보내면서 "오늘은 어쩔 수 없으나 가 있으면 다시 부르겠다"고 했다. 그러나 오래도록 소식이 없자 작가는 거문고를 어루만지며 이 노래를 불렀는데 그 가사가 극히 슬프면서도 아름다웠다. 본디 속요는 총 11행으로 이루어졌는데, 이제현은 그 중 앞부분 4행까지를 한역하였다. 여기서도 '두견새'와 '새벽달과 별'이 작가의 처지를 대변해준다. 속요 「정과정」을 참조하면 감상에 도움이 된다.

지금까지 본 익재의 소악부 9마리*는 원래 제목 없이 『익재난고』에 순차적으로 실려 있다. 그 중에 『고려사』 「악지」 '속악' 조에서 제목과 해설을 찾아낼 수 있는 것이 「장암」, 「거사련」, 「제위보」, 「사리화」, 「처용」, 「오관산」, 「정과정」 등 7마리이다. 나머지 둘 가운데 하나는 「서경별곡」에서 제목을 취했고, 다른 하나는 양주동의 제명 「소년행」을 따랐다.

마리 시가의 편수를 셀 때 쓰는 '수(首)'에서 뜻을 가져와 '마리'로 세기도 한다.

수정사 水精寺

『익재난고』

도근천의 제방 무너져
수정사 안까지 물이 넘실대누나
절 방에는 이날 밤 예쁜 처자 감춰 두고
절 주인은 뱃사공이 되었다네

都近川頹制水坊 도근천퇴제수방
水精寺裏亦滄浪 수정사리역창랑
上房此夜藏仙子 상방차야장선자
社主還爲黃帽郎 사주환위황모랑

이제현은 앞의 「소악부」에서 9마리를 한역하였는데, 민사평에게 다시 '소악부' 작업에 동참할 것을 촉구하면서 2마리를 덧붙였다. 둘 다 제주도 민요를 바탕으로 하여 한역하였는데, 스스로 자세한 해설을 곁들였다.

「수정사」는 중이 절 방에 아리따운 여인을 숨겨 놓고 벌이는 애정행각을 다룬 노래이다. '제방의 범람으로 침수된 절'은 뒷구절을 비판하기 위한 전제이니, 도덕이 무너져 사찰까지 타락하였음을 암시하는 대목이다. 도근천은 제주도에 있는 개천 이름이며 수정사는 도근천 서쪽에 있다. 당시 중이 타락하여 호화로운 생활을 하고, 사대부보다 승려를 따르는 기생이 많았다. 여인을 탐하는 행각을 '배를 타는' 행위에 빗댄 중의법도 돋보인다. 도덕적으로 더 엄해야 할 종교 지도자의 타락상이 그리 낯설지 않음은 어쩐 일일까. 무릇 고인 물은 썩지 않을 도리가 없다.

북풍선자 北風船子

『익재난고』

밭두덕의 보리 쓰러진 채 두고
언덕의 삼대 또한 갈라진 채 내버려 두었네
청자와 백미 한가득 싣고
본토에서 뱃사공 오기만 기다리누나

從敎壟麥倒離披 종교롱맥도리피
亦任丘麻生兩歧 역임구마생양기
滿載青瓷兼白米 만재청자겸백미
北風船子望來時 북풍선자망래시

제주도 백성의 고통을 노래한 작품으로 「탐라요耽羅謠」라 일컫기도 한다. 익재는 "예전에는 전라도에서 질그릇과 쌀을 파는 장사가 때때로 왔었으나 요즘은 뜸하다. 관청과 개인의 말과 소로 인해 농사지을 땅이 없고, 오가는 관리 영접에 벅차, 백성들의 불행이 커지고 변란도 여러 번 일어났다"고 덧붙였다.

위 해설과 노래의 내용을 미루어 그때의 실상을 짐작해 볼 수 있다. 원나라의 일본 정벌 계획으로 제주가 말 목장으로 바뀌고, 이로 인해 백성들의 삶이 피폐해진 정황을 노래한 것으로 보인다. 지배 계층, 외세 등 힘센 이들에 의해 전쟁이 벌어지지만, 정작 일선에서 고통 받고 죽어 나가는 것은 힘없는 민중이라는 사실은 예나 지금이나 마찬가지이다. 이 작품 역시 제주 민요를 한역하였다.

정인 情人

민사평*, 『급암선생시집』*

정든 님 보고픈 뜻이 나거든
모름지기 황룡사 문에 이르시라
희고 고운 얼굴 비록 못 본다 해도
그 목소리는 능히 들을 수 있으리

情人相見意如存 정인상견의여존
須到黃龍佛寺門 수도황룡불사문
氷雪容顔雖未覩 빙설용안수미도
聲音仿佛尙能聞 성음방불상능문

민사평閔思平 고려 후기(1295~1359년)의 문신으로서 호는 급암(及菴)이다. 이제현을 좇아 악부시 6마리를 남긴 공이 크다. 저서로 『급암선생시집』이 전한다.
『급암선생시집及菴先生詩集』 민사평의 개인 시집이다.

지금부터 나오는 6마리의 소악부는 이제현의 촉구에 못 이겨 민사평이 응수한 작품들이다. 민사평 또한 이제현의 전례를 따라 당대에 민간에서 불리던 노래를 한시로 옮겼다. 여기서 이 작품들의 제명은 각기 노래 속 주요 시어 또는 『고려사』 「악지」의 '속악' 조 해설을 대조하여 취했다.

사랑하는 이만이 알리라. 보고픈 마음 간절할 때 이보다 중한 것이 아무것도 없다는 사실을. 목소리만이라도 듣고픈 애타는 심정을. 노래는 이런 절실한 정황을 곱게 그려내었다.

그런데 이 작품을 두고 충혜왕 때의 「후전진작後殿眞勺」이라고 추정하는 견해도 있다. 왕이 후전에 행차하여 궁녀들과 즐겨 부른 노래라 하는데, 그는 말 타고 활 쏘는 것을 좋아하였고 주색에 빠져 도리를 다하지 못하였으며 여러 소인배의 뜻을 얻고 충직한 신하들을 배척하였다 한다. 그러나 위 노래를 특정인의 일화로만 단정 짓기는 곤란하다. 오히려 남녀 사이에 빚어지는 애틋한 사랑의 보편적 정서를 그린 작품으로 보는 편이 낫다. 이 노래의 제목을 「황룡문黃龍門」으로 일컫기도 한다.

인세사 人世事

『급암선생시집』

물 가운데 떠도는 거품을 모아
거칠고 성긴 베주머니에 부어 담고는
어깨에 둘러메고 오는 그 모습
마치 인간 세상일 같아 황당하구나

浮漚收拾水中央 부구수습수중앙
瀉入麤疎經布囊 사입추소경포낭
擔荷肩來其樣範 담하견래기양범
恰如人世事荒唐 흡여인세사황당

세상살이의 지난至難함과 부질없음을 포착하여 노래한 작품으로 사실적 비유가 돋보인다. 물을 담기도 쉽지 않은데, 거품을 모아 담기란 그야말로 허망한 일이다. 게다가 그 자루가 베주머니라니, 뜻을 이룰 도리가 없다. 어떤 이에게는 쉬워 보이는 성공의 길이 누군가에게는 도저히 닿을 수 없는 벽이 되기도 한다. 그래도 어쩌랴. '베주머니에 담은 거품'일지언정 우리는 오늘도 묵묵히 '어깨에 둘러메고' 제 길을 가야 하는 숙명을 지닌 존재인 것을.

흑운교 黑雲橋

『급암선생시집』

검은 구름에 다리 또한 끊어져 위태롭고
은하수 흘러들어 물결 고요한 때
이처럼 어둡고 깊은 밤중
거리마다 진흙탕길 어디로 가려는가

黑雲橋亦斷還危 흑운교역단환위
銀漢潮生浪靜時 은한조생낭정시
如此昏昏深夜裏 여차혼혼심야리
街頭泥滑欲何之 가두니활욕하지

해설은 없으나 '검은 구름', '끊어진 다리', '어둡고 깊은 밤', '진흙탕길' 등의 시어에서 주인공의 곤궁한 처지를 실감할 수 있다. 「인세사」의 정서와 닮은 점으로 보아 민사평도 이제현을 좇아 민중의 어려운 삶에 초점을 맞췄음을 알 수 있다. 한편 이 작품의 몇몇 시어는 「정읍사」와 닮아 있어 그 연관성을 주목하기도 하나 추정일 뿐이다. 「정읍사」의 정서적 흐름이 애틋하고 목적과 대상이 뚜렷한 반면, 이 노래는 그런 점에서 차이가 있다.

삼장 三藏

『급암선생시집』

삼장사에 등불을 켜러 갔더니
그 절 주지가 내 고운 손 잡았네
이 말이 혹 절문 밖으로 나면
상좌의 허황한 말이라 하리라

三藏精廬去點燈 삼장정려거점등
執吾纖手作頭僧 집오섬수작두승
此言若出三門外 차언약출삼문외
上座閑談是必應 상좌한담시필응

당시 사회에서 정신적 사표師表가 되어야 할 중의 타락상을 풍자한 노래이다. '손 잡음'은 섹스 스캔들의 제유提喩이다. 본디 속요 「쌍화점」에서는 성적으로 자유분방한 시대상을 전 4장으로 노래하였는데, 만두 가게의 회회아비와 삼장사 주지, 두레우물의 용 및 술집 아비가 차례로 등장한다. 계층을 막론하고 성적 일탈이 횡행하는 현실을 이 작품에서 적나라하게 묘사하였다. 급암이 그 가운데 2장의 내용을 한역한 것이다.

안동자청 安東紫靑

『급암선생시집』

빨간 실 초록 실 그리고 파란 실
어찌 이 모든 잡색 실을 쓰리오
마음먹었을 때 뜻대로 물들일 수 있으니
희디 흰 실이 내게는 가장 좋아라

紅絲綠絲與靑絲 홍사녹사여청사
安用諸般雜色爲 안용제반잡색위
我欲染時隨意染 아욕염시수의염
素絲於我最相宜 소사어아최상의

『고려사』「악지」에 실린 해설에는 여성이 한 번 정조를 잃으면 모든 사람이 천하게 여기는 까닭에 죽을지언정 정조를 지킨다는 뜻을 담았다고 했다. 그러나 성적 결정권의 주체로서 여성의 정조를 강조했다는 해설과는 달리 민사평의 한역시에서 화자는 남성으로 추정된다. 잡색 실과 흰 실의 대조는 '정절을 잃은 여인보다는 숫처녀가 더 좋다'는 의미로 해석된다. 성적으로 자유분방한 시대상을 엿볼 수 있다.

월정화 月精花

『급암선생시집』

거듭거듭 진중히 거미에게 부탁하노니
모름지기 앞길에 거미줄 그물 쳐 놓고는
멋대로 등지고 날아가는 저 꽃 위 나비
붙잡아 매어 제 허물 뉘우치게 하려무나

再三珍重請蜘蛛 재삼진중청지주
須越前街結網圍 수월전가결망위
得意背飛花上蝶 득의배비화상접
願令粘住省愆違 원령점주성건위

이 작품의 해설 역시 『고려사』 「악지」에 실려 있다. 사록 벼슬을 하던 위제만이 진주 기생 월정화에게 빠져 부인이 병들어 죽었다. 그러자 진주읍 사람들이 부인 생시에 남편이 저지른 죄과를 경계하고 풍자하여 이 노래를 지었다 한다.

노래에서 '등지고 날아가는 나비'는 사록 위제만을 비유한 것이다. '거미줄 그물로 붙잡아 맴'은 이 사건을 지켜본 부인과 읍민의 분노 및 그 죄과에 대한 징계를 바라는 심정을 표현했다.

한편 시집살이의 비극을 담은 서사민요로 「진주난봉가」가 유명한데 지역적 배경이 진주라는 점과 '기생첩'에 빠진 남편의 외도로 부인이 죽었다는 점에서 「월정화」와 같기에 눈길을 끈다. 둘이 같은 노래가 아닐까 하는 추정이 있지만, 실제 서사 구조에서는 많은 차이가 있다.

무가

나례가 儺禮歌

『시용향악보』

나영감댁 나례* 하는 날이면
광대도 금실 두른 옷이랍니다
그곳에서 산굿* 만 올리신다면
귀신의 옷도 금실 두른 옷이리라
리라리러 나리라 리라리

羅令公宅[나영공대] 儺禮日[나례일]이
廣大[광대]도 金線[금선]이샤ᄉᆞ이다
궁에ᅀᅡ 山[산]ㅅ굿ᄇᆞᆺ 겻더신ᄃᆞᆫ
鬼衣[귀의]도 金線[금선]이리라
리라리러 나리라 리라리

고려 때 무가로, 특히 궁중에서 선달 그믐날 밤에 행한 나례 때 불린 노래로 추정된다. 본디 순수한 무가였던 것이 궁중속악에 편입된 것으로 보인다.

나례는 삿된 귀신을 물리치고 복된 일을 불러들이기 위해 행한 의식이다. 대개 무가에서는 신의 이름을 나열하거나 강압적인 명령어를 등장시켜 신성성을 강화하는 경우가 많다. 하지만 여기서는 나례 의식을 객관적으로 묘사하는 데 그치고 있어 본디의 주술성이 약하게 나타났다. 궁중에서 연행 과정을 거치면서 신성성 대신 연희성이 강화되었기 때문에 이러한 변화가 생겨났다.

나례(儺禮) 음력 선달 그믐날 밤에 민가와 궁중에서 잡귀를 쫓기 위하여 행하던 의례
산굿 보통 고갯마루에 있는 서낭신을 모시고 행하기에 '산굿'이라 표현한 것으로 보인다.

성황반 城隍飯

『시용향악보』

동방에 지국천왕* 님이시여

남방에 광목천왕* 님이시여

나무서방* 에 증장천왕* 님이시여

북방산에서 비사문천왕* 님이시여*

다리러 다로리 로마하

디렁디리 대리러 로마하

도람 다리러 다로링 디러리

다리렁 디러리

내외에 황사목천왕* 님이시여

지국천왕持國天王 불법을 수호하는 사천왕 중 하나. 동쪽을 수호하며 칼을 들고 있고 안민(安民)의 신으로서 선한 이에게는 복을, 악한 자에게 벌을 주며 인간을 보살피는 역할을 한다.

광목천왕廣目天王 사천왕 중 하나인 광목천자천왕(廣目天子天王). 서쪽을 수호하며 삼지창과 보탑을 들고 있고 악인에게 고통을 줘 구도심을 일으키게 하는 역할을 한다.

나무서방[南無西方] 이는 본디 '아미타불(阿彌陀佛)이 주재하는 서방정토(西方淨土)에 돌아가고 싶다'는 뜻이니, '극락이 있는 서방' 정도의 의미가 된다. '南無'는 범어를 음차한 것으로 '나무'로 읽고, '귀의(歸依)'라는 뜻으로 새긴다.

증장천왕增長天王 사천왕 중 하나로, 남쪽을 수호하며 용과 여의주를 들고 있다. 자신의 위덕을 증장시켜 만물을 소생시키는 덕을 베푸는 역할을 한다.

비사문천왕毗沙門天王 사천왕 중 하나인 다문천왕(多聞天王)이다. 북쪽을 수호하며 비파를 들고 있다. 어둠 속을 방황하는 중생을 구제해주는 역할을 한다.

동방에~비사문천왕님이시여 이 노래에서는 사천왕(四天王)을 열거하고 있다. 그런데 본문의 방위 순차는 동·남·서·북이고, 천왕은 그대로 동·서·남·북 순서가 되면서 오류가 생겼다. 동방의 지국천왕, 남방의 증장천왕, 서방의 광목천왕, 북방의 다문천왕(多聞天王)이라야 맞다.

황사목천왕黃四目天王 열거한 사천왕의 동서남북에 대응되는 색이 각기 청백홍흑(靑白紅黑)이다. 여기서 황은 중앙이 되며 황사목천왕까지 아울러 오방신(五方神)이 완성된다.

東方[동방]애 持國天王[지국천왕]님하
南方[남방]애 廣目天子天王[광목천자천왕]님하
南無西方[나무서방]애 增長天王[증장천왕]님하
北方山[북방산]의ᅀᅡ 毗沙門天王[비사문천왕]님하
다리러 다로리 로마하
디렁디리 대리러 로마하
도람 다리러 다로링 디러리
다리렁 디러리
內外[내외]예 黃四目天王[황사목천왕]님하

고려 때 민간신앙인 서낭신을 기반으로 한 무가로 보인다. 서낭당[城隍堂]의 제단에서 역귀를 쫓는 노래였다가 이후에 궁중속악으로 수용된 것으로 추정된다.

그런데 이 노래에 등장하는 신격이 실제로는 불교의 사천왕이어서 혼란을 준다. 하지만 이는 우리의 전통 샤머니즘과 불교가 뒤섞여 신앙이 되었음을 보여주는 사례일 뿐이다. 지금도 사찰 한 켠에는 산신각이나 칠성각 등 전통 신앙과 관련된 장소가 공존하고 있다. 「성황반」에서는 사천왕을 차례로 거명함으로써 신격을 맞아들이고 예배를 올리는 의식을 갖추었다. 이 노래의 여음구는 주술적 기능을 갖는 진언眞言으로 생각된다.

내당 內堂

『시용향악보』

산수가 청량한 소리와
청량에야 두스리* 무너졌어라
도량* 에야 오시나니
한 남자 종과 두 남자 종과
열세 남자 종 주웠어라
바위에 옮겼어라
다로럼 다리러
열세 남자 종이 다 여의어야만
님을 모시고 사라져라
성인보다 더할 나위 없이 높으신 양 산의 대륵* 이여
다로림 다리러

두스리 뜻이 분명치 않다.
도량[道場] 도를 닦는 곳
대륵大勒 큰 미륵(彌勒)

山水清凉(산수청량) 소릐와
清凉(청량)애ᅀᅡ 두스리 믈어디새라
道場(도량)애ᅀᅡ 오시ᄂᆞ니
ᄒᆞᆫ 남종과 두 남종과
열세 남종 주ᅀᅥᄉᆡᆨ라
바회예 나ᄅᆞ새라
다로럼 다리러
열세 남종이 다 여위실더드런
님을 뫼셔 ᄉᆞᆯ와지
聖人無上兩山大勒(성인무상양산대륵하)
다로럼 다리러

고려 때 내당에서 무당들이 굿을 할 때 부른 노래로, 이후 궁중속악에 편입된 것으로 추정된다. 「내당」에서는 신격의 대상이 부처급의 큰 미륵인 '성인무상양산대륵聖人無上兩山大勒'으로 설정되어 있다. 앞 작품인 「성황반」과 마찬가지로 전통 무속에 불교가 들어와 뒤섞인 형태의 무가임을 알 수 있다. 열세 명의 남자 종과 오래도록 살고 싶어 하는 대목이 나오는데, 이는 전통적으로 남녀 간 성적 결합이 풍요와 다산을 상징하기 때문에 가능한 표현이다. 한편 '불가능한 가정 하의 이별'이라는 설정은 속요 「정석가」와 소악부 「오관산」에도 쓰인 표현이다. 아마도 고려 때 널리 퍼진 수사 기법일 것이다.

대왕반 大王飯

『시용향악보』

팔위성황• 여덟 자리란 놀고 쉬고
물가의 가장자리 장하구나
당시에 흑모란꽃이 곁채에 가득하리
노니실 대왕이시여
디러렁 다리 다리러 디리리

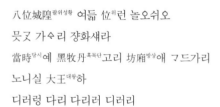

八位城隍팔위성황 여듧 位위런 놀오쉬오
믓ᄀᆞᆺ 가ᄉᆞ리 쟝화새라
當時당시예 黑牧丹흑목단고리 坊廂방상애 ᄀᆞ드가리
노니실 大王대왕하
디러렁 다리 다리러 디러리

고려 때 무가로 서낭당의 제단에 서낭상床을 차려 놓고 굿을 할 때 불렀을 것으로 추정된다. 여기서 팔위성황은 전국 팔도의 산신을 지칭한 것으로 여겨진다. 서낭당에 모신 여덟 서낭신이 흑모란같이 젊고 어여쁜 여인들과 함께 어울려 노는 모양을 노래하였다. 신격과 여인네의 어울림은 신을 기쁘게 하여 소망하는 바를 좀더 원만하게 이룰 수 있다. 이 역시 풍요와 다산을 상징하며 그밖에도 인간의 온갖 소망을 비는 내용을 담았다.

팔위성황八位城隍 여덟 방위의 서낭신

잡처용 雜處容

『시용향악보』

중문 안에 서 계신 쌍처용 아비여
대왕이 전좌●를 하신즉
태종대왕이 전좌를 하신즉
외문 밖에
둥덩 다리러 로마
태종대왕이 전좌를 하신즉
아 보전칠보● 지어 살아가건만
다롱 다로리 대링 디러리
아 디렁 디러리 다로리

中門[중문] 안해 셔 겨신 雙處容[쌍처용] 아바
大王[대왕]이 殿座[전좌]를 ᄒᆞ시란ᄃᆡ
太宗大王[태종대왕]이 殿座[전좌]
外門[외문] 바ᄭᅴ
둥덩 다리러 로마
太宗[태종]를 ᄒᆞ시란ᄃᆡ

아으 寶錢七寶보전칠보 지여 살언간만
다롱 다로리 대링 디러리
아으 디렁 디러리 다로리

조선 전기 궁중의 나례에서 불린 무가로 추정된다. 태종대왕이 자리를 잡고 앉으면 그 권능 아래 보전칠보에 의지하여 살아갈 수밖에 없는 신세라는, 신격의 소외와 무력감이 내비친다. 신라나 고려 때 처용의 위용은 더 이상 찾아보기 힘들다. 조선 왕실이 지속적으로 무당을 격하하는 상황에 대응해 벌인 자구의 몸부림에서 형상화된 노래로 보인다. 여기서 우리는 처용의 늘어진 어깨와 함께 길어진 저녁 그림자를 마주하게 된다. 제목의 '잡처용'과 노랫말 '쌍처용'이 서로 어긋나게 쓰였는데, 이는 혹 『시용향악보』 편찬자가 이전의 왕실 「처용가」와 구분 짓기 위해 명명한 것일지도 모른다.

전좌殿座 임금이 직접 정사를 돌보기 위해 나오는 친정(親政)이나 경축일에 신하들이 임금께 하례하는 조하(朝賀) 때에 왕이 정전(正殿)에 나와 앉는 것을 말한다.

보전칠보寶錢七寶 값진 돈과 일곱 가지 보배. 일곱 가지 보배는 『무량수경(無量壽經)』에는 금·은·유리·파리(玻璃)·마노(瑪瑙)·거거·산호로, 『법화경(法華經)』에는 금·은·마노·유리·거거·진주·매괴로 적혀 있다.

삼성대왕 三城大王

『시용향악보』

장독• 가져가실까 삼성대왕
일• 빼앗으실까 삼성대왕
질병이며 재난을 씻으신즉
질병과 재난을 막아주소서
다롱디리 삼성대왕
다롱디리 삼성대왕
옛날보다 사랑해주소서

장독瘴毒 장기(瘴氣)라고도 한다. '축축하고 더운 땅에서 일어나는 독기'라는 뜻인데 열이 나는 질병을 뜻하기도 한다.

일 여기서는 큰 난리, 변고를 뜻한다.

瘴장 ᄀᆞ ᄉᆞ실가 三城大王삼성대왕
일 ᄋᆞ ᄉᆞ실가 三城大王삼성대왕
瘴장이라 難난이라 쇼셰란ᄃᆡ
瘴難장난을 져차쇼셔
다롱다리 三城大王삼성대왕
다롱다리 三城大王삼성대왕
녜라와 괴쇼셔

서낭신으로서 삼성대왕을 신격으로 삼은 무가인데, 앞선 경우들과 마찬가지로 훗날 궁중속악에 편입된 것으로 추정된다. 장독으로 대표되는 질병이나 큰일로서의 재난은 누구나 피하고 싶은 재액災厄이다. 이를 막아 달라는 기원을 담은 노래이니, 무가의 본령에 근접한 작품이다. 한편 삼성대왕이 예로부터 황해도 구월산의 삼성사에서 제향祭享하는 환인桓因 · 환웅桓雄 · 단군천왕檀君天王의 세 성인을 가리킨다는 설이 있다.

대국 大國

『시용향악보』

술도 좋더라 들어라
고기도 좋더라 들어라
어쩌다 별대왕 들르신즉
사백장난• 을 아니 쫓아내실까
얄리 얄리 얄라
얄라셩 얄라

술도 됴터라 드러라
고기도 됴터라 드로라
엇더다 別大王(별대왕) 들러신딕
四百瘴難(사백장난)을 아니 져차실가
얄리 얄리 얄라
얄라셩 얄라

사백장난四百瘴難 온갖 질병과 재난

「대국」은 모두 3마리의 연작인데, 여기에 실린 것은 그 중 「대국 1」이다. 나라와 백성의 안녕을 위해 별대왕이 온갖 질병과 재난을 물리친다는 내용을 담고 있다. 신격으로서의 별대왕에게 고기와 술을 권하며 즐겁게 어울리는 장면인데, 이는 신을 즐겁게 하는 오신娛神의 전형적 모습이다. 더불어 여음구 '얄리 얄리 얄라 얄라셩 얄라'가 「청산별곡」의 여음구와 같아 무가답지 않은 느낌을 주기도 한다. 이 또한 본디 무가에 연희적 성격이 강화되었음을 보여준다.

「대국 1」의 별대왕에 이어 「대국 2」에서는 천자대왕과 사랑대왕이 등장하는데, 명命과 복福을 나누어주길 비는 대상이다. 「대국 3」에서는 대국과 소국이 한데 어우러져 노니는 모습을 붉은 모란꽃에 비유하여 그려내었다. 모두 나라의 태평과 백성의 안녕[國泰民安]을 비는 내용을 담은 연작 무가이다.

지금까지 언급한 작품들 외에 『시용향악보』에는 「군마대왕軍馬大王」·「구천九天」·「별대왕別大王」의 3마리 무가가 더 있는데, 이들 작품의 사설은 모두 여음구로만 구성되어 있기 때문에 여기서 더 다루지 않았다. 참고로 「군마대왕」은 궁중에서 말신[馬神]에게 제사를 지낼 때 불렸을 것으로 본다. 또 「구천」은 도교의 신으로 우리나라에 전래되어 다시 무속과 결합했을 것으로 추정된다. 마지막 「별대왕」은 특별한 신격을 칭송한 노래로 여겨진다.

참요

백제동월륜요 百濟同月輪謠

『삼국사기』*

백제는 보름달이고

신라는 초승달 같다

百濟同月輪 백제동월륜

新羅如月新 신라여신월

백제의 멸망을 예언한 참요이다. 의자왕 20년(660년)에 귀신이 나타나 "백제는 망한다. 백제는 망한다" 하고 땅속으로 들어갔다. 왕이 땅을 파보니 석 자쯤 들어간 곳에 위 구절이 등에 적힌 거북이 한 마리가 있었다. 보름달은 꽉 찼으니 백제는 이제 기울고 신라는 점차 차오를 초승달이란 의미가 된다. 예언대로 백제는 신라에 의해 멸망하였다. 무릇 기운이 성할 때 더욱 진중하고 경계 삼아야 함은 예나 지금이나 소중한 교훈이다.

『삼국사기三國史記』 고려 인종 23년(1145년)에 김부식이 왕명에 따라 펴낸 역사책. 삼국의 역사를 기전체로 적었다. 본기(本紀), 연표(年表), 지류(志類) 및 열전(列傳)으로 되어 있으며, 현존하는 가장 오래된 역사책이다.

지리다도파요 智理多都波謠

『삼국유사』*

슬기로 다스리다 많이 달아나
도읍 무너지네 도읍 무너지네

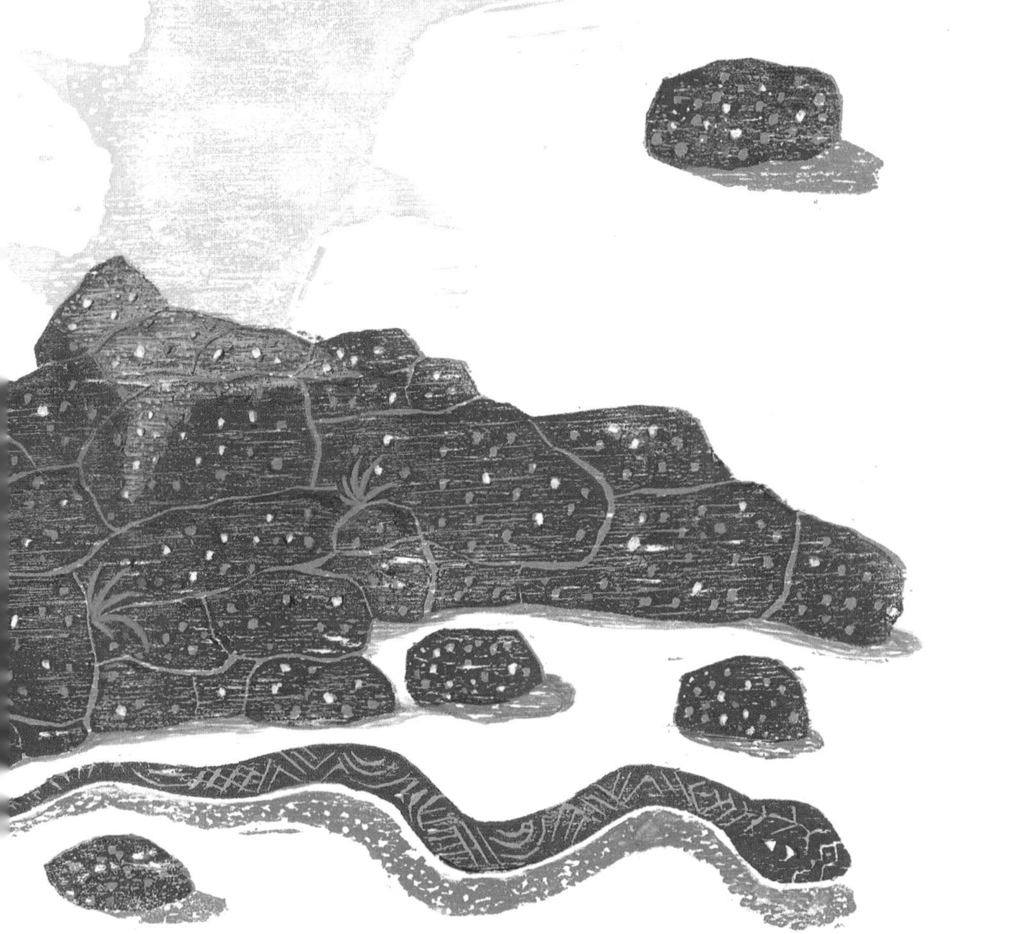

智理多都波都波 지리다도파도파

헌강왕 때 호화로운 생활이 지나치자 호국護國의 신들이 차례로 나타나 왕에게 경고의 신호를 보냈다. 그러나 백성들은 오히려 이를 상서로운 일이라 여겨 더욱 사치를 일삼았다. 결국 오래지 않아 나라가 망하였다. 이 노래는 산신이 나타나 왕에게 춤을 추어 올리며 부른 것이다. 이는 대개 '지혜로[智] 나라를 다스리던[理] 자들이 미리 알고 많이[多] 도망가[逃] 도읍[都]이 장차 파괴된다[破]'는 뜻이었다. 신라의 멸망을 예언한 참요이다.

『삼국유사三國遺事』 고려 충렬왕 11년(1285년)에 승려 일연이 쓴 역사책. 단군신화를 맨 앞에 실었고, 신라·고구려·백제의 역사를 기록하였다. 불교에 관한 기사가 많고 신화, 전설, 향가 등을 풍부하게 수록하였다.

나무망국요 南無亡國謠

『삼국유사』

나라가 망하네• 여왕• 때문에

두 소판•과 세 아간• 부호부인• 때문에

나라는 망하고 마네•

南無亡國 刹尼那帝 나무망국 찰니나제

判尼判尼蘇判尼 于于三阿干 鳧伊 판니판니소판니 우우삼아간 부이

娑婆訶 사바하

나라가 망하네 원문의 '나무[南無]'는 범어 namas로 '돌아가 의지한다'는 뜻인데, 여기서는 뒤의 '망국(亡國)'과 결합하여 '나라가 망하게 될 것이다'라는 의미가 된다. 범어의 음차이기에 '나무'로 읽는다.

여왕 원문의 '찰니나제(刹尼那帝)'는 당시의 진성여왕을 가리킨다.

두 소판 원문의 '판니판니소판니(判尼判尼蘇判尼)'는 두 명의 소판(벼슬 이름)을 말한다.

세 아간 원문의 '우우삼아간(于于三阿干)'은 세 명의 총애받는 아간(벼슬 이름)을 말한다.

부호부인 원문의 '부이(鳧伊)'는 진성여왕의 유모 부호부인(鳧好夫人)을 말하는데, 권력을 농단하여 정사를 어지럽혔다.

나라는 망하고 마네 원문의 '사바하[娑婆訶]'는 불교의 진언으로, 앞에서 외운 주문의 끝에 붙여 그 소원이 원만히 이루어지기를 구하는 말이다. 이 또한 '사바하'로 읽는다.

신라 제51대 진성여왕眞聖女王이 임금이 된 지 몇 해 만에 유모인 부호부인과 그의 남편인 각간 위홍을 위시한 서너 명의 총신들이 권력을 마음대로 휘둘렀다. 정사가 어지러워지자 도둑들이 벌떼처럼 일어났다. 나라 사람들이 근심하여 이에 다라니[陀羅尼]의 은어를 지어 써서 길 위에 던졌다. 다라니는 범문梵文으로 된 긴 구句를 번역하지 않고 그대로 읽거나 외우는 것으로, 주문을 외어 재액을 없애는 기능을 한다. 이 노래 자체가 당시의 다라니 구실을 하였으니, 곧 혼란한 정치를 비판하고 망국을 예언한 참요가 된다.

계림요 鷄林謠

『삼국사기』

계림은 누런 낙엽이요
곡령은 푸른 소나무로다

鷄林黃葉 계림황엽
鵠嶺青松 곡령청송

계림은 신라의 별칭이다. 곡령은 개성의 송악산이니 고려를 지칭한다. 신라가 망하고 고려가 새로 일어날 것을 예언한 참요이다. 『삼국사기』에서는 최치원이 고려 왕건의 인물됨을 알아보고 이 문구를 써서 태조에게 문안하였다고 기록하였다. 하지만 이 노래는 개인의 창작물이라기보다는 당시 민간에 떠돌던 참요를 최치원이 기록으로 정착시킨 것으로 보는 편이 더 타당하다. 민심은 언제나 위정자보다 더 정확히 세상 돌아가는 판을 읽는다.

완산요 完山謠

『삼국유사』

가엽구나 완산아이
애비 잃고 눈물짓네

可憐完山兒 가련완산아
失父涕漣洏 실부체련이

후삼국 시대의 참요로 『삼국유사』에 전한다. 후백제의 왕 견훤은 여러 부인에게서 10여 명의 아들을 두었는데, 그 중 넷째 금강이 키가 크고 지혜로웠다. 견훤이 그에게 왕위를 물려주려 하자 신검, 양검, 용검 등 형들이 불만을 품고 모의하여, 아버지 견훤을 금산사에 가두고 금강을 살해한 후 신검이 대왕이라 칭하였다. 그러나 감시를 뚫고 탈출한 견훤이 고려 태조 왕건에 몸을 맡기고 신검의 후백제를 쳐 멸망시켰다.

「완산요」는 이렇게 복잡한 정국을 빗대 당시 아이들이 부른 참요이다. 견훤은 호랑이 젖을 먹고 자라 후백제를 건국한 영웅이었지만, 자식들의 분란으로 인해 비참한 말년을 보내고 말았다. 여기서 '완산아이'는 한창 때의 영웅적 기개를 잃고 말년에 범부凡夫로 전락하고 만 견훤을 지칭한 것으로 보인다. 불꽃처럼 타올랐던 후백제의 짧은 역사와 함께 스러진 비극의 주인공. 조무래기 아이들의 입에 동정의 대상으로 올랐으니, 시절이 무상하고 그 생애가 자못 비감하다.

보현찰요 菩賢刹謠

『고려사』*

보현사가 어디멘고
이 금 따라 다 죽으리라

何處是普賢刹 하처시보현찰
隨此畫同刀殺 수차획동도살

고려 중기 무신의 난을 예언한 참요이다. 의종은 무신을 천대하고 문신을 우대하였다. 왕이 문신들과 보현사에서 연회를 즐기며 놀 때 문신 한뢰가 대장군 이소응의 뺨을 때린 사건이 일어났다. 정중부는 얼마 전에 김부식의 아들 김돈중이 자신의 수염을 촛불로 태웠던 일을 생각하고는 분노하였다. 이에 평소 불만을 품었던 무신 이의방, 이고 등과 함께 난을 일으켜 문신을 대거 살해하였다. 그 후 왕을 내쫓고 왕의 아우를 명종으로 옹립하여 실권을 장악하였다. 이 무렵 아이들이 무신정변의 장소와 그 참화를 입에 올린 것이다.

『고려사高麗史』 조선 세종의 명으로 정인지·김종서 등이 편찬하였는데, 고려조의 역사를 기전체로 기술하였다.

호목요 瓠木謠

『증보문헌비고』*

박넝쿨 가지 끊어 물 한 대야

느티나무 가지 끊어 물 한 대야

가세 가세 멀리 가세

저 산마루 멀리 가세

서리 오기 전에 낫 살아 삼 베러 가세

瓠之木枝 切之 一水鐥 호지목지 절지 일수선
陋台木枝 切之 一水鐥 누태목지 절지 일수선
去兮 去兮 遠而去兮 거혜 거혜 원이거혜
彼山之嶺 遠而去兮 피산지령 원이거혜
霜之不來 磨鎌刈麻 去兮 상지불래 마겸예마 거혜

고려 고종 때 유행한 참요이다. 집권층의 착취로 인해 굶주림을 벗어날 수 없는 백성들의 고단한 신세를 통탄하면서, 그러한 처지를 벗어나 행복한 삶을 지향하고자 하는 염원을 담았다. 집 안의 박 넝쿨을 모두 거둬들여도 남는 것은 한 대야뿐인 빈곤한 삶을 그렸다. 현실의 비참한 처지를 박차고 떠나 새로운 희망의 공간으로 떠나가자는 염원을 드러낸 후, 마지막으로 지배 계층에 맞서 새로운 삶을 창조하자는 강한 의지를 내비쳤다. 「박노래」라 일컫기도 한다.

『증보문헌비고增補文獻備考』 우리나라 상고로부터 대한제국 말기에 이르기까지의 문물·제도를 분류하여 정리한 조선 시대의 책

만수산요 萬壽山謠

『증보문헌비고』

만수산에 안개 가득 덮였구나

萬壽山煙霧蔽 만수산연무폐

고려 충렬왕은 원나라의 부마로서 정사를 소홀히 하고 춤과 노래로 잔치를 일삼았다. 그러던 중 원나라의 세조가 죽자 왕은 의지할 곳을 잃었는데, 이를 만수산에 안개가 덮여 바라보지 못하는 것으로 비유하였다. 백성들이 원나라만 바라보고 의지하는 충렬왕의 처사를 못마땅히 여겨 부른 참요이다. 정체성을 잃은 군주와 함께한 시대의 폐해는 고스란히 민중이 떠안을 수밖에 없는 노릇이다.

묵책요 墨册謠

『증보문헌비고』

가는 베로 도목• 을 만들었지만
정사가 정말 묵책• 이로구나
내가 기름을 먹여 두려 해도
올해는 삼씨가 귀해
아 그나마 얻시 못하겠네

用綜布作都目 용종포작도목
政事眞墨册 정사진묵책
我欲油 아욕유
今年麻子少 금년마자소
噫不得 희부득

고려 충숙왕 때 유행한 참요이다. 인사를 담당했던 관리 김지경이 벼슬아치를 새로 뽑거나 자리 이동을 할 때마다 뇌물을 받고 결정하였다. 이에 도목책의 명단을 하도 썼다 지웠다 하는 바람에 책이 먹투성이로 너덜너덜해졌다. 도목정사都目政事는 매년 음력 유월과 섣달에 벼슬아치의 성적을 평가하여 벼슬을 떼거나 올리던 일을 말한다. 백성들이 김지경의 이러한 비행을 참다못해 이 노래를 불렀다. 탐관오리의 뿌리는 참 질기기도 하다.

도목都目 매년 벼슬아치의 성적을 평가하기 위해 그 공과를 작성한 명부
묵책墨冊 너무 지웠다 썼다 해서 먹투성이가 된 책. 뇌물 비리를 풍자한 표현이다.

아야요 阿也謠

『고려사』

아야 망가지라
이제 가면 언제 오리

阿也 麻古之那 아야 마고지나
從今去 何時來 종금거 하시래

고려 충혜왕 때 불린 참요이다. 왕은 원나라를 지나치게 섬겨 백성들의 원망을 샀다. 백성들은 그가 원나라에서 변고를 당해 다시 돌아오지 말 것을 바랐는데, 실제로 왕이 원나라 악양에 가서 고국에 돌아오지 못한 채 죽었다. 당시 사람들이 위 노래를 해석하여 "악양에서 죽는 괴로움이여[岳陽亡故之難], 오늘 가면 언제나 돌아오려나[今日去何時還]"라고 풀이하였다. 민중에게 배척당하는 지도자를 둔 나라. 왕이 더 괴로울까, 백성이 더 괴로울까.

우대후요 牛大吼謠

『고려사』

소가 크게 우니 용은 바다를 떠나
얕은 물에서 물살 치며 노누나

牛大吼 龍離海 우대후 용리해

淺水弄淸波 천수농청파

고려 공민왕 때 홍건적의 난으로 인해 왕이 안동으로 피난 갔는데, 이를 풍자하여 부른 참요이다. '소가 크게 운다[牛大吼]'는 구절은 홍건적이 침략한 해가 신축년辛丑年이기에, 소띠 해에 큰 난리가 났음을 비유적으로 표현한 것이다. '용이 바다를 떠났다[龍離海]'라는 표현 또한 왕이 궁궐을 떠나 피난 간 사실을 빗댄 표현이다. 실제로 왕은 안동까지 피난 갔음에도 불구하고 영호루에 가 호숫가에서 배를 타고 놀았다. 공민왕의 잘못된 처신을 비난한 노래이다. 역사는 되풀이되는 것일까. 공민왕의 몽진蒙塵은 이후 임진왜란과 한국전쟁 때의 선례로 남고 말았다.

남구요

『고려사』

갑자기 남구•가 나타나
와우봉으로 깊이 들어가네

忽有一南寇 홀유일남구
深入臥牛峰 심입와우봉

홍건적의 난을 빗댄 참요이다. 붉은빛은 방위로 치면 남쪽에 해당한다. 따라서 홍건적의 침입으로 큰 난리가 난 것을 내용으로 한 노래이다. 사건을 구체적인 설명하지 않고 에둘러 표현하였다. 『고려사』에는 이들 노래 끝머리에 "옛적에 그 말을 들었더니 이때에 그 효험을 보았다"고 하였다. 이 노래의 예언적 기능을 놓치지 않고 적은 해설인데 참요적 성격을 제대로 짚은 설명이 된다.

남구南寇 홍건적. 남쪽 방위와 붉은빛이 서로 통하기 때문에 이렇게 표현하였다.

이원수요 李元帥謠

『고려사』

서경성 밖 불빛이요
안주성 밖 연기로다
그 사이에 오고가는 이원수
우리 백성 구제하소

西京城外火色 서경성외화색
安州城外煙光 안주성외연광
往來其間李元帥 왕래기간이원수
願言救濟黔蒼 원언구제검창

이성계의 위화도 회군에 앞서 마을에 이 참요가 돌았다. 얼마 후 위화도 회군으로 군권을 장악한 이성계를 예찬하는 내용의 노래이다. 아마도 이성계 측에서 선동을 목적으로 퍼뜨렸을 것이다. 도탄에 빠진 민중을 구제할 메시아적 이미지로 이성계를 그리고 있어 그 의도가 짙게 드러나지만, 이 노래의 내용대로 역사는 고려의 멸망과 조선의 창업으로 귀결되고 말았다.

목자득국요 木子得國謠

『고려사』

나무 아들 나라 얻네

(남의 아들 나라 얻네)

木子得國 목자득국

병사와 백성들이 부른 노래로 고려의 멸망을 예언한 참요이다. 한자의 자획을 풀어 나눠 만든 일종의 파자요破字謠인데, 사람들은 이런 류의 파자가 더욱 주술성이 높다고 믿었다. 이 짧은 노래의 참요적 성격이 강한 까닭이 이 때문이다. '이李' 자를 '목木'과 '자子' 자로 쪼개었으니, 결국 '나무 아들'은 이성계가 된다. 한편, 신돈이 아들 없는 공민왕에게 자기 아이를 가진 여인을 바쳐 그 아이가 왕이 되게 하였다는 설이 있다. 그것이 '남의 아들'이니, 우왕을 '신우辛禑'라 일컬은 것이 이 때문이다. 고려가 망하고 새 왕조가 들어서는 것이 하늘의 뜻임을 노래했다.

남산요 南山謠

『증보문헌비고』

저 남산에 가 돌을 캐니

정이란 남음이 없네

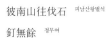

彼南山往伐石 피남산왕벌석

釘無餘 정무여

참요는 고려 때 성행하기는 했지만 시대를 막론하고 이어져 왔다. 앞서 살펴 본 백제·신라·후삼국의 노래 외에도 조선의 참요가 상당수 전하는데, 이 가운데 참요의 특성을 잘 드러낸 대표작을 골라 함께 소개한다.

「남산요」는 조선 태조의 세자 책봉에 불만을 품은 방원 형제의 거사로 정도전과 남은이 죽게 되리라는 예언을 담은 참요이다. 태조 이성계는 많은 자녀를 두었는데, 후처 신덕왕후의 소생인 방석을 세자로 삼았다. 정도전을 비롯한 신료들이 모두 세자 쪽에 가담하였으므로, 전처 소생인 방원 형제가 불만을 품고 거사하여 세자는 물론이고 정도전과 남은이 살해되었다. 참요에서 말하는 '정釘'은 정도전의 '정'과 음이 같고, '남음[餘]'은 '남은'을 뜻한다. 즉 정도전으로 대표되는 세자 세력이 살아남지 못했음을 뜻한다. 권력을 둘러싼 골육상쟁의 참혹한 정쟁을 배경으로 하였다.

사모요 詐謀謠

『용천담적기』*

충성이 사모냐 거동이 교동이냐
흥청 운평 어디 두고
가시 밑에 돌아가노

忠誠詐謀乎 擧動喬棟乎 충성사모호 거동교동호
興淸運平置之何處 흥청운평치지하처
乃向荊棘底歸乎 내향형극저귀호

연산군의 폭정과 방탕한 생활, 그리고 비극적 최후를 예언한 참요이다. 연산군은 신하들의 사모紗帽에 '충성忠誠'이라 써 붙이게 하였는데, 노래에서 음이 같은 '사모詐謀'를 써서 조롱하고 있다. 또 전국의 미색美色을 뽑아 친히 고른 미녀를 흥청興淸이라 한 데서 '흥청망청興淸亡淸'이라는 용어가 생겨났다. 결국 연산군은 중종반정으로 권좌에서 쫓겨나 강화의 교동도 가시울타리 안에서 최후를 맞았다. 바른 정치가 아니면 군주의 절대 권력도 비참하게 끝난다.

---

*『용천담적기龍泉談寂記』 조선 중종 때의 문신 김안로가 쓴 야담집. 당시에 전승되던 설화를 기록함으로써 여러 방면에 대한 인식을 보여주는 자료로서의 가치가 있다.

미나리요

장다리는 한철이고
미나리는 사철이라

숙종 때 장희빈의 폐위와 인현왕후의 복위를 예언한 참요이다. 인현왕후 민씨는 덕망이 높았으나 후사後嗣를 잇지 못하여, 희빈 장씨가 간택되어 경종을 낳았다. 장희빈은 간교한 꾀로 인현왕후를 별궁으로 내쫓고 왕비가 되었으나, 뒤늦게 왕이 참회하여 장씨를 폐하고 민비를 다시 맞아들였다. 장다리와 미나리의 생태를 성씨에 얹어 대조시켜 노래하였기에, 더욱 재미를 준다.

홍경래요

철산 치오 가산 치오 정주 치오

순조 12년 홍경래의 난에 앞서 항간에 떠돌던 참요이다. 홍경래는 부패한 세도정치에 맞서 난을 일으켰는데, 열흘도 안 되어 철산鐵山, 가산嘉山, 정주定州 등 청천강 이북 평안도 지역을 거의 장악하였다. 도탄에 빠진 민중이 조정에 등을 돌리고 홍경래군에 협조하였기 때문이다. 노래에는 혁명이 부디 성공하여 나라의 기강을 바로잡고 모두 잘 살 수 있는 세상으로 바꾸어 달라는, 민중의 염원이 담겨 있다.

가보세요

가보세 가보세
을미적 을미적
병신 되면 못 간다

동학과 관련된 참요이다. 전봉준에 의해 일어난 동학농민전쟁은 고종 31년인 '갑오甲午'년에 시작되어 '을미乙未'년을 거쳐 '병신丙申'년에 끝났다. 음의 유사성을 빌어 전쟁의 경과를 예언한 한편, 새로운 세상이 열리기를 바라는 민중의 염원을 담았다. 농민전쟁에 참여할 것을 강하게 선동하기도 하였다. 참요의 두 기능, 예언과 선동이 동시에 발현된 전형적 노래이다.

그밖에 동학과 관련된 참요로는 「전봉준요」, 「김개남요」, 「녹두새요」, 「파랑새요」 등 많은 노래가 전한다. 민중의 고난은 어느 한계를 넘어서면 대개 혁명으로 진척되어 나아갔다. 그리고 봉건제도의 강고한 벽 앞에 좌절을 맛보곤 하였지만, 한 켜 한 켜 자양으로 쌓여 훗날의 더 나은 세상을 예비하는 동력이 되었다. 조선 후기의 숱한 민중 봉기도 그 연장선상에서 역사적 의미를 갖는다.

나비잠요

사대문 걸고 나비잠만 잔다

고종 때 서북 지역에서 불린 참요로 러일전쟁을 예언하였다. 조선을 둘러싸고 일본, 러시아, 청, 영국 등 강대국이 침략의 기회를 엿보고 있는 형국에서도 대원군은 쇄국정책으로 일관하면서 고립을 자초하였다. 급박한 세계정세에도 불구하고 조정이 아무런 대책 없이 낮잠만 잔다는 비유로, 위정자의 무능을 한탄하고 풍자한 노래이다. 지도자의 올바른 판단과 정책 하나가 나라와 겨레의 운명을 좌우함은 예나 이제나 변함이 없다.

작품 해설

민중과 시대의 진솔한 울림, 고려 노래

고려의 다섯 노래

우리 문학에서 고전시가라 하면 상고시대로부터 19세기에 걸쳐 우리말로 짓고 노래한 시작품을 일컫는다. 대개 음악을 수반하며 불렸지만, 오랜 세월이 흐른 뒤에는 음악과 분리되면서 언어 자체의 율격만으로도 존립하는 시문학이 가능했다. 음악과 결합된 시가의 양상으로부터 차츰 노래를 분리하는 방향으로 나아가면서, 마침내는 시만으로 문학의 완성을 이루었다. 곧 노래하는(가창歌唱) 시에서 읊조리는(음영吟詠) 시, 그리고 읽는(율독律讀) 시에 이르기까지 점진적 단계를 밟아 오늘에 이르렀다.

시가사적으로는 상대가요에 이어 신라 때 향가가 정립된 후, 고려 때는 속요를 중심으로 몇 가지 시가 양식이 펼쳐졌다. 조선 때는 초기의 악장과 더불어 시조와 가사가 꽃을 피웠고, 후기에는 형식과 내용 및 주제 의식에 변화를 겪으면서 사설시조와 후기가사가 같이 자리하였다. 한편 잡가가 성행하면서 민요의 변화가 있었고, 개화기와 일제강점기를 거치면서 창가와 신체시를 거쳐 오늘날의 현대시로 그 맥이 이어져 왔다.

한시를 제외한 고려 때 노래는 다섯 가지 정도로 나눌 수 있다. 우선 속요는 우리말 노래로서 양적으로나 질적으로, 더 나아가 문학사적으로 으뜸 자리를 차지한다. 지금 우리에게 익숙한 「가시리」와 「청산별곡」, 「서경별곡」 등이 그것이다. 「한림별곡」으로 대표되는 경기체가도 한문구를 늘어놓았을지언정 우리 노래 양식을 취했다. 반면에 소악부는 칠언절구의 한시체 형식을 빌렸으나 노래의 내용과 주제는 당시의 민간 사회상을 담아내었다. 그밖에도 무가와 참요가 이 시기 우리 노래에 속한다.

속요

속요의 형성

고려 시대에 이르러서도 향가의 맥이 이어졌지만 이미 주류에서는 밀려나 있었다. 또 한문학이 본격적으로 융성하면서 한시가 주도권을 쥐고 우리 시가

문학은 중심에서 밀려난 시기였다. 이러한 사정들로 인해 속요를 만나기까지는 일정한 공백을 두고 고려 후기까지 기다려야 했다.

속요는 대개 민간 가요에서 생겨났지만, 실제로 지금 전하는 속요 모두를 일률적으로 이에 적용할 수는 없다. 조선 시대의 음악 책들에 실려 전하는 한계와 이들의 종속변수로 궁중속악이라는 제약이 따랐기 때문이다.

이런 점들을 염두에 두고 본다면 궁중악의 발달은 우리 시가 문학 발전을 위해 오히려 썩 다행한 일이었다. 속악 연행을 위해서는 민간의 노래를 궁중의 악곡에 맞추어 세련되게 다듬는 작업이 줄곧 필요했고, 고려를 대표하는 시가 양식으로서 속요는 이렇게나마 살아남을 수 있었다. 속요는 적나라한 인간성과 풍부한 정서가 유려한 우리말로 표현되며 뛰어나게 형상화된 것이어서 국문학의 중요한 유산으로 자리매김하였다.

이들 노래의 성격을 두고 논란이 인 까닭은 민요적 노랫말과 악곡 형식의 결합이라는, 서로 어긋나 보이는 두 문화 층위가 맞닿은 지점에 속요가 자리하기 때문이다. 이 때문에 속요는 상 · 하층 문화의 속성을 두루 안고 있다. 여전히 민간에서는 하층민의 문화를 담은 노래들이 불리는 한편, 궁중으로 흘러든 노래들은 상층 계급의 주도 아래 다시 양식상 변모를 맞았기 때문이다.

속요의 형식적 특질

속요에서 그냥 지나칠 수 없는 것이 서사와 결사의 문제이다. 이 가운데 결사는 우리 시가의 고유한 전통 형식이기에 큰 논란을 요하지 않는다. 하지만 서사는 다른 시가 갈래에서 쉽게 볼 수 없는, 속요만의 독특한 형식으로 등장하였다. 이 역시 궁중속악을 연행하는 과정에서 그 형식적 특질을 찾아낼 수 있다. 궁중이라는 특수한 공간에서 불렸기에, 임금을 의식한 일정한 의례가 필요했던 것이다. 여기서 본 노래와는 상관없는 서사가 붙었다. 서사의 내용이 임금에 대한 송축으로 일관되었음은 물론이다.

속요에는 다른 시가 갈래와는 달리 여음구가 일정하게 나타나고 있다. 이 또한 궁중속악으로 수용되는 과정에서 생겨난 특질이다. 민간에서 불릴 때에는 필요치 않았던 앞소리(전렴前斂), 뒷소리(후렴後斂), 사잇소리(중렴中斂) 등이 악곡상 필요에 의해서 노래에 끼어든 것이다. 결과적으로 여음구는 음악적 성격에서 출발한 것이지만, 우리는 이를 문학적 성격으로 다시 따지지 않으면 안 된다.

여음구는 작품 내적으로 다양한 기능을 한다. 우선 연체시에서는 각 연의 단락을 나누어주며, 다른 한편 노래를 길게 만들어준다. 자연히 궁중악으로서의 장중함에 기여하고, 또한 형태상의 동질성을 확보해준다. 반면 비연체시에서는 흥을 돋우어주며, 때로는 감탄이나 강조의 기능을 맡기도 한다. 본디 감탄소리(감탄사感歎詞)인 것과 별 의미가 없는 돕소리(투어套語), 그리고 악기의 반주에 따른 입시늉소리(구음口音) 세 가지가 오랜 구전 끝에 정착된 것이 바로 여음이다.

속요의 복합적 성격

후대에 빈발했던 남녀상열지사라는 지탄은 조선의 경직된 성리학적 이념의 잣대 탓도 있지만, 고려 후기의 사회적 분위기와 맞물려 실제로 남녀 간 사랑을 많이 노래했기 때문이기도 하다. 하지만 속요 전체의 성격을 애정 일변도로 싸잡아 말할 수만은 없다. 남녀 간 애정을 노래한 작품이 많지만, 육체적 사랑의 현장 외에 이별의 안타까움이나 헤어진 그리움, 곁에 없는 외로움으로 세분되는 경우가 많기 때문이다. 모두 간절하고 순수한 사랑을 중심에 둔 노래들이다.

한편으로 속요에는 송도지사가 많이 나타나고 있다. 이는 이 시가 무리의 장르적 본질이 무엇인가 하는 시비를 키웠다. 송도지사와 남녀상열지사라는, 서로 어긋나 보이는 개념상의 거리 역시 민간 노래의 궁중악 수용에서 비롯된 결과일 뿐이다. 곧 고려 궁중속악 특유의 문화적 토양에서 그러한 오해가 생겨난 것이다.

여기서 민간 본디의 남녀상열적 의미와 궁중악 특유의 송도적 기능이 한 점에서 만난다. 발생 당시의 단순한 민요적 양태를 벗고 속악의 형식을 얹었기에 당연히 논란이 인 것이다. 형태와 내용에서는 민요 특유의 면모를 내비치는 한편, 속악 연행의 필요에 의해 갖가지 수식적 첨부와 변용을 거쳐 새로운 모습을 갖추게 되었다. 그 결과 민간 노래의 소박한 외양을 털고, 궁중악으로서 의미의 확장 내지 전이가 이루어진 것이다.

하지만 실상 속요는 전체의 복잡한 양상과는 별도로 민요를 연원으로 하여 끊임없이 씨앗과 자양을 공급받아 왔다. 이 책에서 전하는 속요 13마리는 이러한 사정을 여실히 보여준다. 속요의 발생과 전승, 수용 및 정착 과정상의 양상은 노래 자체에서도 쉽게 찾을 수 있다. 따라서 우리는 속요 본연의 서정적 아름다움을 우선시하면서 이를 바탕으로 궁중악의 특수성을 감안한 작품 해석을 꾀해야 한다.

속요의 내용과 주제

속요는 일상을 노래한다. 이 점은 작품 자체에서 그대로 드러난다. 남녀 간 사랑을 축으로 하여 만남과 헤어짐, 기다림이 담겨 있고, 여기서 빚어지는 기쁨과 슬픔, 안타까움과 그리움, 외로움과 한恨의 정서를 만날 수 있다. 그렇다고 애정만이 전부는 아니다. 종교적 신앙과 군왕에 대한 충忠, 부모에 대한 효孝

등이 두루 망라되어 있다. 속요는 더함도 덜함도 없는 일상의 총합이 된다. 작품들을 서정성을 중심으로 하여 주제별로 갈라 본다.

「만전춘 별사」는 파란과 곡절의 굽이를 넘어선 순수 애정을 추구하며, 「쌍화점」은 무한의 향락을 추구한 육체적 욕망을 내보인다. 「상저가」는 가난조차 가를 수 없는 가족 간 유대의 윤리적 교훈을 담았으며, 「사모곡」에서는 정성을 다하고도 어쩌지 못하는 안타까움을 어머니에 대한 간절한 그리움을 통해 보여준다. 「처용가」는 초월자에 대한 믿음을 드러내며 현실적 재난에 대한 공포를 뛰어넘고자 소망한다.

「가시리」는 절제된 슬픔을 지닌 여심을 통해 절박한 이별 앞에서 가식 없는 설움을 보여주었으며, 「정과정」은 전형적인 충신연주지사로서 님을 향한 눈물의 호소를 통해 재회를 간구하는 심정을 나타내었다. 「정석가」는 변치 않는 마음다짐으로 예견된 이별 앞에서의 의연한 역설을 표현하였다. 「동동」은 기다림의 연가로서 이별과 기다림에서 나올 수 있는 온갖 정서가 망라되어 있어 님의 돌아옴을 믿는 여인의 간절함이 노래 전편을 이끌고 있다. 「이상곡」은 아픈 사랑의 뒤안길에서 다시 오지 않을 님에 대한 사랑의 뉘우침으로 끝맺으며, 「유구곡」은 빗나간 사랑을 비유한 민요로서 불륜의 언저리에 남은 허망한 아쉬움과 외로움을 나타낸다.

「청산별곡」은 삶의 번민과 갈등을 노래하며 삶에 부대낀 화자의 허무와 체념을 담았다. 청산과 바다를 이상향이 아닌 내몰린 삶터로 보았으며 뿌리 뽑힌 삶의 고단함에서 절로 얻어진 지혜가 나타난다. 「서경별곡」은 이별을 당한 화자의 복받치는 감정을 표출하며 눈물의 하소연과 믿음의 다짐, 그리고 원망과 질책 및 체념의 정서를 잇달아 내보인다. 안쓰러운 하소연과 부질없는 믿음으로 갑작스런 이별 앞에 선 애끓는 호소를 보여주고 있다.

경기체가

경기체가의 특질

경기체가는 13세기 초「한림별곡」을 시작으로 하여 조선 중기까지 모두 20여 마리가 이어졌다. 무신정권 이후 한시만으로는 부족했던 신진사대부 계층에서 속요와는 차별되는 시가문학에 대한 욕구가 끓어올랐다. 이에 걸맞은 시가 장르로서 경기체가가 시가문학사에 등장했다.

경기체가는 한문학적 문필이 능한 사대부들이 시도하여 즐긴 대표적인 귀족 문학이다. 물론 고려 후기 신진사대부들의 활기찬 감정과 의식 세계를 노래하였다. 문인들의 학식과 체험을 노래하며 글, 경치, 기상 등을 제재로 삼아 호탕한 포부와 자부심을 드러내었다. 같은 시대에 속요가 서민들의 진솔한 정서를 표출한 데 반해 경기체가는 객관적 사물 묘사에 치우치면서 향락과 풍류적 분위기에 치우쳤다.

장르의 명칭은 후렴구 '경景 긔 엇더ᄒᆞ니잇고'에서 비롯되었다. 연장체이며 한 연은 6행인데, 본사부인 전대절 4행과 후렴구인 후소절 2행으로 크게 분절된다.「한림별곡」을 기본형으로 보았을 때, 음수율은 전대절(3·3·4 / 3·3·4 / 4·4·4 / 4·3·4)과 후소절(4·4·4·4 / 4·3·4)로 이루어진다. 음보율로 따지면 후소절 첫 행인 5행만 4음보가 되고, 나머지는 모두 3음보를 이룬다.

경기체가의 성격과 전개

경기체가는 고려에서 속요와 짝을 이루었고, 이후 조선 때까지 그 맥을 이었다. 특히 조선 초기에는 악장으로서의 역할까지 나누어 맡으며 활기를 띠기도 하였다. 이 때문에 장르를 어떻게 볼 것인가 하는 문제로 혼선을 빚기도 하였다. 교술 장르라는 논쟁이 끊이지 않은 것이다. 경기체가는 일부 귀족 계층에서 한정되게 향유했고, 한자어 위주의 나열식 전개로 인해 서정성이 미흡했다. 결국 훈민정음 창제 이후에 가사문학이 흥륭하게 되면서, 조선 중기 이후 그 생명력을 잃고 우리 국문학사에서 사라지고 말았다.

경기체가의 첫 작품은 「한림별곡」이다. 고종 때 여러 한림이 지었는데, 득의에 찬 삶과 향락적 여흥이 잘 표출되었다. 글솜씨, 필독서, 서체, 술, 꽃, 음악, 신선세계, 그네놀이 등을 차례로 그렸다. 안축은 강원도 존무사로서 그곳의 아름다운 경치를 대상으로 「관동별곡」을 지었으며, 다시 「죽계별곡」에서 고향 순흥의 산수와 미풍을 기리며 흥에 젖은 모습을 노래하였다. 이들 작품은 신진사대부의 호방한 기질 및 자연에 대한 긍지와 사랑을 노래함으로써 초기 경기체가의 전형적인 모습을 확립하였다.

조선 때에는 김구의 「화전별곡」과 정극인의 「불우헌곡」, 그리고 권호문의 「독락팔곡」 등 풍류를 노래한 작품이 이어졌다. 송도적 성격의 작품으로는 권근의 「상대별곡」, 변계량의 「화산별곡」과 예조에서 지어 올린 「가성덕」, 「배천곡」 등이 있다. 도덕적 내용을 담은 노래로는 윤회의 「오륜가」와 주세붕이 지은 「도동곡」, 「태평곡」 등이 있다. 이 중 권근의 「상대별곡」은 새 왕조의 기강과 사헌부 관원들의 자부심을 드러내었다. 권호문의 「독락팔곡」은 자연에 묻혀 사는 즐거움과 학문 수양의 자세를 통해 안빈낙도의 이상을 노래하였다.

그밖의 고려 노래

소악부의 문학사적 의미

고려 때에는 속요와 경기체가 외에도 소악부, 무가, 참요 등 우리 노래가 있었다. 주류 문학으로서 우뚝한 존재는 아니었지만, 가뜩이나 한문학에 억눌린 시기인지라 소중하게 다가오는 문학유산이다.

악부는 본디 중국 한나라에서 그 시대 민간의 실상을 보여주는 역할을 수행하며 등장한 노래이다. 고려 후기 이제현의 작업은 악부시에 대한 중요성을 인식한 바탕 위에 우리 문학에 대한 뜨거운 각성이 만나면서 이루어졌다. 게다가 혼자만의 작업으로 그치지 않고 후배 민사평에게도 거듭 종용하여 동참시켰다. 그 결과 익재 11마리와 급암 6마리, 도합 17마리의 작품이 지금까지 전한다. 당시 유행하던 민간 노래를 칠언절구 한시체 형식으로 재구성하여 문집에 실어 당시의 인정과 세태를 보완해주는 귀중한 자료로 남겼다.

「익재 소악부」에는 벼슬에 연연하는 어리석음(「장암」)이나 탐관오리의 수탈(「사리화」), 상급 관리와의 성적 일탈(「제위보」) 등 지배층을 풍자한 노래들이 있다. 임금에 대한 충(「정과정」)과 노모에 대한 효(「오관산」), 그리고 집 떠난 남편에 대한 열(「거사련」) 등 유교적 덕목에 대한 노래들도 있다. 그밖에 이별 앞에서 사랑의 맹세(「서경」)와 어린 시절의 추억(「소년행」) 및 처용무 관람 기록(「처용」)이 있다. 이후 제주 민요로서 승려의 타락(「수정사」)과 백성의 피폐상(「북풍선자」)을 더하였다.

「급암 소악부」에서도 사정은 비슷하다. 남녀 간의 은밀한 연정(「정인」)과 「쌍화점」 2장 내용을 그대로 쏙 뺀 승려의 스캔들(「삼장」)이 실려 있다. 또 숫처녀를 예찬하는 내용(「안동자청」)이 있고, 기생에 빠져 본부인에 소홀한 관리를 원망한 노래(「월정화」)가 있다. 세상살이의 고됨과 부질없음(「인세사」) 및 밤중 진흙길의 위험(「흑운교」)을 노래하기도 하였다. 이상 17마리의 소악부 작품은 당시 민중의 삶을 파노라마로 펼쳐 우리에게 보여준다.

무가에 나타난 신격의 모습

『시용향악보』에는 모두 12마리의 무가가 실려 있다. 시기를 확실하게 단언하기 어려운 노래도 있지만, 대개 고려 말과 조선 초에 궁중을 중심으로 연행된 무가들로 추정된다. 주로 궁중의 나례 의식과 서낭신 신앙, 그리고 내당의 굿 등을 보여주는 노래들이다. 그밖에도 말신이나 도교신 등 독특한 신격의 모습이 있다. 당시 불교와 유교의 강력한 이데올로기에도 불구하고, 여전히 샤머니즘의 다양한 신격이 세를 잃지 않았음을 훗날까지 전해준다.

참요의 역사적 전개와 기능

참요는 역사적 인물이나 사건과 관련하여 다가올 미래를 예언하거나 선전, 선동의 기능을 하는 민요를 일컫는다. 옛 문헌에는 대개 '동요'라 기록되어 있다.

신라의 참요로는 「지리다도파요」와 「나무망국요」를 꼽을 수 있고, 신라 말, 고려 초에는 「계림요」, 「완산요」 등의 참요가 널리 퍼졌다. 고려의 참요로는 「보현찰요」, 「호목요」, 「만수산요」, 「묵책요」, 「아야요」, 「우대후요」, 「남구요」 등이 있다. 고려 말에는 「이원수요」와 「목자득국요」 등이 퍼지면서 고려의 몰락과 이성계의 조선 창업을 예언하였다. 참요의 예언 및 선동적 기능을 제대로 보여준 노래들이다. 조선의 참요로는 「남산요」와 「사모요」, 「미나리요」 등을 대표적으로 꼽을 수 있다. 이후 「홍경래요」, 「가보세요」, 「녹두새요」, 「파랑새요」 등은 혁명과 관련된 조선 말기 민중의 참요이다.

참요는 역사적 변동기에 자연 발생적으로 민중 속에서 형성되기도 했지만, 특정 개인이 의도적으로 유포시킨 노래가 많았을 것으로 본다. 앞쪽의 경우 민중 상호간의 시대 인식을 공유하고 소통하는 경로의 역할을 하였을 것이다. 반면 뒤쪽의 경우라면 도참사상에 기대어 민중의 판단을 왜곡시킨 채 한 개인의 정치적 목적을 위해 노래를 이용한 사례가 된다. 참요가 지닌 양면성이라 하겠다.

우리 시가 문학의 거대한 뿌리

고전시가는 각 시기의 문화와 사상 및 역사적 관습을 아우르면서 발전해 왔다. 시대의 충만한 기쁨과 믿음을 노래하였지만, 시대의 아픔과 거센 소용돌이를 담아내기도 하였다. 허나 정도의 차이는 있을지언정, 그 중심에는 인간의 내면 정서와 관련된 서정성을 공유하고 있다.

이들 시가 문학은 제각기 명멸을 거듭하며, 시대의 변천과 더불어 존재하였다. 그러나 한 장르의 퇴장이 단순한 소멸로 그치는 것이 아니라, 다른 장르의 생성과 발전에 직·간접적으로 작용한 것이 문학사적 실상이다. 그리하여 이들은 때로 서로를 지탱해주고 북돋아주면서, 또 때론 밑거름이 되고 디딤돌이 되기도 하며 시대를 이어 왔다.

문학이 아름답다는 것은 실상 그것의 구체적 설명이나 가치 평가를 요치 않는다는 말과 같다. 향가에서 보이는 숭고한 삶의 자세나 속요에 드러난 간절한 사랑, 시조에서 추구한 도학적 자세, 가사에서 보이는 유장한 자연 등이 이들 장르의 심원을 이루고 있다. 우리 시가 문학의 거대한 뿌리를 이루고 도도한 흐름을 이은 것은 바로 이들 낱낱의 줄기와 물살들이 한데 모여 이룩된 결과라 할 수 있다.

고려 노래 또한 이러한 미덕에서 비껴 서 있지 않다. 당시에 민중의 삶을 진솔하게 노래한 속요가 많은 사랑을 받았음은 물론이다. 한문학의 전방위 압박에 맞서 문사들의 기개를 드러낸 경기체가도 중요하기는 마찬가지이다. 소악부 또한 비록 한시체 형식을 빌었을지언정, 당대인의 생활상과 감정을 생생하게 그려낸 소중한 문학 유산이다. 더불어 그간 소홀했던 무가와 참요에도 따스한 시선을 주어야 할 충분한 이유가 있다. '다이내믹 코리아'의 저류는 이들 노래 속에 이미 배태되었기 때문이다.